*Paul Maar,* 1937 in Schweinfurt geboren, ist einer der erfolgreichsten deutschen Kinder- und Jugendbuchautoren, zugleich virtuoser Wortkünstler und phantasievoller Erzähler. Zu seinen beliebtesten Figuren gehört das Sams, das in Büchern und Filmen sein Publikum begeistert. Aber auch Kinderhelden wie Lippel, Herr Bello und das kleine Känguru wurden von Paul Maar erschaffen. Der Autor hat viele bedeutende literarische Ehren erhalten, u.a. den Deutschen Jugendliteraturpreis für sein Gesamtwerk, den Friedrich-Rückert-Preis und den E.T.A.-Hoffmann-Preis.

*Sepp Strubel,* 1939 in Worms geboren, ist Schauspieler, Regisseur, Drehbuch- und Kinderbuchautor, Bildhauer und Maler. Er hat viele Aufführungen des Marionettentheaters »Augsburger Puppenkiste« inszeniert, u.a. auch die »Opodeldoks«, die nach einer Idee und mit Illustrationen von Paul Maar entstanden. Sepp Strubel wurde mehrfach mit dem Adolf-Grimme-Preis, dem deutschen Fernsehpreis, ausgezeichnet.

Paul Maar · Sepp Strubel

# Die Opodeldoks

Bilder von Barbara Scholz

Verlag Friedrich Oetinger · Hamburg

*Kinderbücher von Paul Maar bei Oetinger (Auswahl)*

Eine Woche voller Samstage
Das Sams feiert Weihnachten
Das große Buch von Paul Maar
Snuffi Hartenstein
Schiefe Märchen und schräge Geschichten
Der Galimat und ich
Kakadu und Kukuda
Herr Bello und das blaue Wunder
Lippels Traum
Der tätowierte Hund

7. Auflage
© 2010 Verlag Friedrich Oetinger GmbH,
Max-Brauer-Allee 34, 22765 Hamburg
erstmals erschienen im Verlag Friedrich Oetinger GmbH, Hamburg 1985
Alle Rechte vorbehalten
Einband und Illustrationen von Barbara Scholz
Satz: Dörlemann Satz GmbH, Lemförde
Reproduktion: Domino Medienservice, Lübeck
Druck und Bindung: SIA Livonia Print,
Jurkalnes iela 15/25, LV-1046, Riga, Lettland
*Printed 2024/4
ISBN 978-3-7891-4285-7

www.oetinger.de

# Wer ist wo und wie ist's dort?

Weit, weit weg – etwa auf halber Strecke zwischen Donnerstag und dem Nordpol – liegt das Grasland. Dort wohnen die Opodeldoks.

Im Grasland wächst, wie der Name schon vermuten lässt, viel Gras. Es gibt da Hafergras und Flattergras, Borstengras und Zittergras, Rispengras und Lispelgras und zweiundneunzig andere Grassorten.

Aber es gibt wirklich nur Gras. Nicht einmal ein Busch wächst da, geschweige denn ein Baum.

Kein Wunder, dass die Opodeldoks das Gras ganz besonders gerne mögen. So gern, dass sie sogar ein Graslied gedichtet haben. Das singen sie mindestens dreimal am Tag. Und an hohen Feiertagen sogar fünfmal.

Das Graslied

Gras, Gras, Gras,
wir mögen Gras!
Gras, Gras, Gras,
Gras macht Spaß!
Gras ist wichtig,
Gras ist witzig,

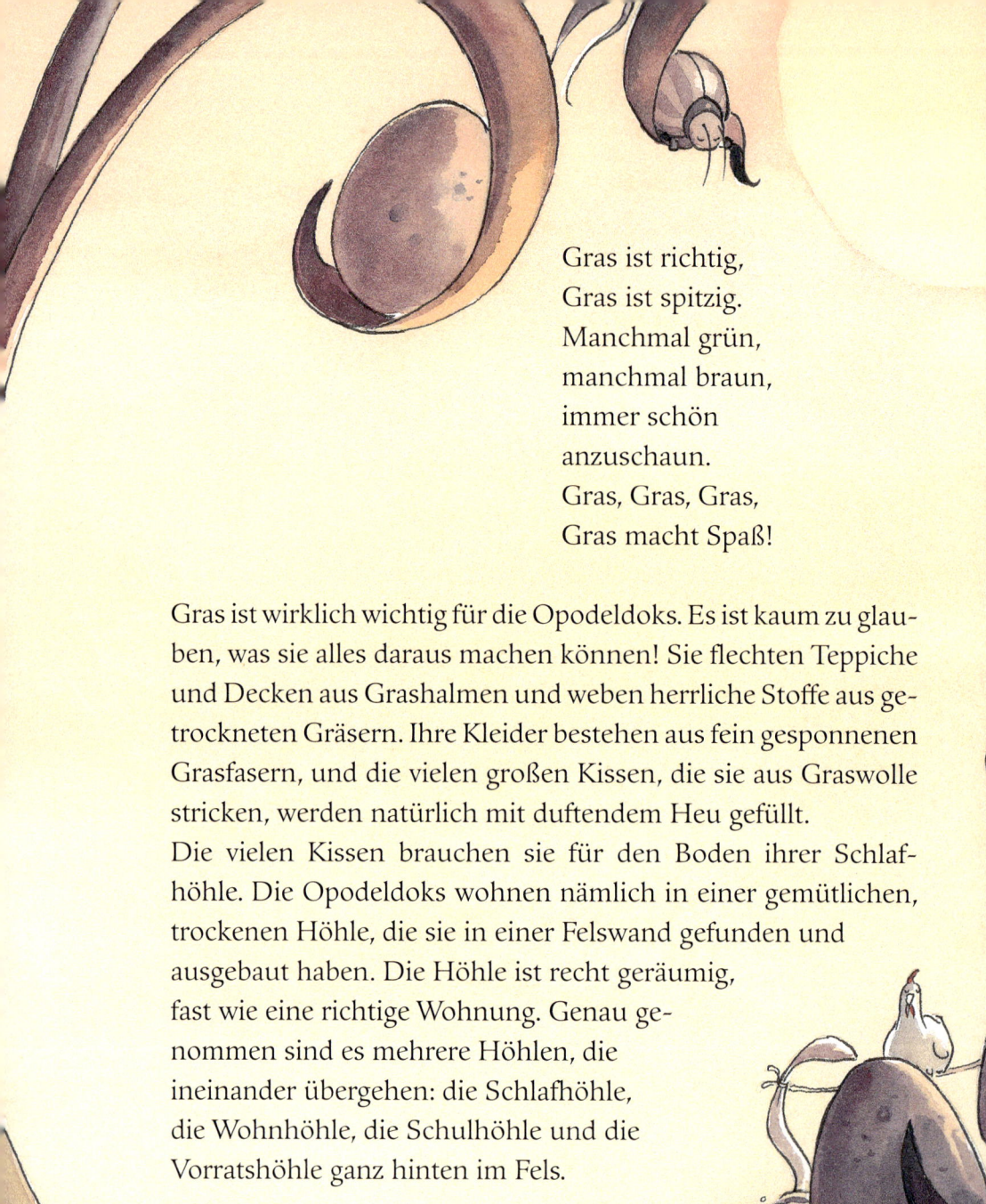

Gras ist richtig,
Gras ist spitzig.
Manchmal grün,
manchmal braun,
immer schön
anzuschaun.
Gras, Gras, Gras,
Gras macht Spaß!

Gras ist wirklich wichtig für die Opodeldoks. Es ist kaum zu glauben, was sie alles daraus machen können! Sie flechten Teppiche und Decken aus Grashalmen und weben herrliche Stoffe aus getrockneten Gräsern. Ihre Kleider bestehen aus fein gesponnenen Grasfasern, und die vielen großen Kissen, die sie aus Graswolle stricken, werden natürlich mit duftendem Heu gefüllt.
Die vielen Kissen brauchen sie für den Boden ihrer Schlafhöhle. Die Opodeldoks wohnen nämlich in einer gemütlichen, trockenen Höhle, die sie in einer Felswand gefunden und ausgebaut haben. Die Höhle ist recht geräumig, fast wie eine richtige Wohnung. Genau genommen sind es mehrere Höhlen, die ineinander übergehen: die Schlafhöhle, die Wohnhöhle, die Schulhöhle und die Vorratshöhle ganz hinten im Fels.

Der Höhleneingang ist schmal, damit der kalte Wind nicht in
die Höhle blasen kann. Und er ist sehr niedrig. Ein erwachsener Mensch könnte da kaum durchschlüpfen. Opodeldoks sind
nämlich ziemlich klein. Ein erwachsener Opodeldok ist nicht
viel größer als ein Regenschirm.
Das Gras steht natürlich auch auf dem Speisezettel der
Opodeldoks.
Aus zarten Grasspitzen machen sie zum Beispiel einen
wohlschmeckenden Grassalat. Und aus gekochten
Gräsern bereiten sie ein gutes Gemüse, das ein
bisschen wie Spinat schmeckt.

Aber noch lieber essen die Opodeldoks Hühnereier: hart gekochte oder weich gekochte Eier, verlorene Eier, Setzeier, Rühreier und am allerliebsten gut abgehängte, sonnengetrocknete Spiegeleier.

Deshalb mögen die Opodeldoks Hühner mindestens genauso gern wie Gras.

Überall im Grasland sieht man ihre Hühner herumstolzieren. Es sind ganz besondere Hennen: Sie sind schneeweiß, werden viel, viel älter als andere Hühner, sind viel größer und legen ziemlich enorme Eier. Die Eier legen sie auf die Wiese, irgendwohin. Sie dürfen nämlich überall frei herumspazieren. Da das Grasland ringsum von hohen Bergen umgeben ist, kann keine Henne verloren gehen. Die Opodeldoks müssen allerdings manchmal lange suchen, bis sie die Eier im dichten Gras gefunden haben.

Nun wird es aber höchste Zeit, dass die Opodeldoks vorgestellt werden.

Im ganzen Grasland wohnt nur eine einzige Familie: die Großeltern, der Vater, der Sohn und ein Onkel. Eine Mutter gibt es nicht mehr, die ist schon vor vielen Jahren gestorben.

Der Oberdeldok ist sehr stolz auf sich und deshalb manchmal ein bisschen laut. Aber das gibt's öfter bei Leuten, die ein »Ober« vor dem Namen haben.

Er ruft sicher gerade: »Bei meinen dottergelben Bartspitzen«, denn das ruft er sehr oft. Mindestens dreimal am Tag. An hohen Feiertagen sogar fünfmal.

Und da gerade wieder mal ein schöner, sonniger Tag im Grasland anbricht, sagt er auch noch: »Wie freue ich mich aufs Frühstück! Weich gekochte Eier!«

Hinter ihm dehnt und streckt sich jemand in der Sonne.

»Zwei!«, ruft er dabei. »Zwei!«

»Wie bitte?«, fragt der Oberdeldok. »Was heißt hier ›zwei‹?«

»Na, zwei«, sagt der Opozähldok. »Wir sind erst zwei.«

Der Oberdeldok ist ein wenig beleidigt. »So weit kann ich auch noch zählen«, knurrt er. »Hühnerdreck und Federfraß!« (Das ist sein zweiter Lieblingsspruch. Den sagt er mindestens siebenmal am Tag. Immer dann, wenn er sauer ist.)

Der Opozähldok geht ihm manchmal ganz schön auf die Nerven. Der muss nämlich immer alles zählen. Daher der Name, klar. Jetzt zählt er: »Drei, vier!«, und ruft: »Guten Morgen, Omadeldok und Opadeldok!«

Denn die beiden schlüpfen gerade aus der Schlafhöhle.

»Einen schönen guten Morgen allerseits!«, ruft Omadeldok und guckt lieb in die Runde.

»Morn, morn«, brummt der Opadeldok, blinzelt in die Sonne und fügt gleich seinen Lieblingssatz hinzu: »Früher war alles schlechter.« Manchmal passt der Spruch sogar.

Jetzt setzen sich die Opodeldoks an den Steintisch vor der Höhle und der Opozähldok ist ganz aufgeregt. »Eins, zwei, drei, vier«, zählt er. »Das kann nicht stimmen, noch mal von vorn! Eins, zwei, drei, vier!«

Der Oberdeldok sagt verblüfft: »Vier? Bei meinen dottergelben Bartspitzen, dann fehlt ja einer!«

»Wer fehlt, soll sich melden!«, kräht Opadeldok.

Nur Omadeldok merkt etwas. »Wo ist denn unser kleiner Deldok?«, fragt sie.

Sie sehen sich alle ganz erstaunt an, bewundern den Scharfsinn von Omadeldok und schreien dann laut durcheinander: »Deldok! Deeeldok! Deeeldok!«

Vom grasbewachsenen Dach der Höhle klingt ein Lachen. »Ich bin doch hier! Guten Morgen«, ruft der kleine Deldok und hüpft vom Dach auf seinen Sitzplatz am Steintisch.

»Fünf«, sagt darauf der Opozähldok und sieht dabei äußerst zufrieden aus.

»So, dann können wir ja endlich frühstücken«, sagt Omadeldok.
»Hilfst du mir, Deldok?«

»Klar, Omadeldok«, sagt Deldok und geht hinter ihr her in die Höhle.

Schon kommen die beiden wieder heraus. Deldok trägt zehn gekochte Eier in einem Graskörbchen, für jeden zwei. Omadeldok bringt den Grassalat mit und frisch gebackene Brotfladen aus zermahlenen Grassamen.

»Bei meinen dottergelben Bartspitzen«, ruft der Oberdeldok. »So muss es sein, so ist es richtig. Ein echtes Opodeldok-Frühstück!«

Und dann ist es eine ganze Weile sehr still im Grasland, denn nun sind alle fünf Opodeldoks mit ihrem Frühstück beschäftigt.

# Das Blatt

Der Tag begann wie hundert andere vorher mit dem Weiche-Eier-Frühstück. Nach dem Rührreier-Mittagessen zogen Oberdeldok und Opozähldok, Opadeldok und Deldok singend auf die große Hühnerwiese, um die frisch gelegten Eier zu suchen und einzusammeln.

Omadeldok hängte inzwischen Spiegeleier zum Trocknen an der Wäscheleine auf.

Nicht weit von einem kleinen Wiesentümpel, an dessen Ufer das saftigste Gras wuchs, stolperte Opadeldok plötzlich und rief: »Ei verflixt!«

Deldok lachte. »Ei verflixt?«, sagte er. »Ich würde eher sagen: ›Ei kaputt!‹ Du bist nämlich über ein Ei gestolpert, Opa.«

»Früher war alles schlechter!«, schimpfte Opadeldok und sah sich die Bescherung, besser gesagt, das zertretene Ei an, das von seinem Schuh tropfte.

Der Oberdeldok rief: »Bei meinen dottergelben Bartspitzen! Ei verflixt, Ei kaputt! Das ist gut. Sehr gut. Mein Sohn ist wirklich hochbegabt!« Er begann laut zu lachen. »Und Opa hat schon wieder mal ein Ei zertreten. Hahahaha! Kann mir jemand sagen, warum er jeden Tag mindestens ein Ei zertritt? Hahaha!«

Er kriegte einen richtigen Lachanfall. Den kriegte er selten, aber wenn, dann umso heftiger. »Hahahahahahahohohohihihihaha-hahaha …«

Die anderen Opodeldoks schauten sich verständnisvoll an. Da war nichts zu machen. Sie konnten nur warten, bis der Anfall vorüber war.

Da war er's auch schon. Denn vor Lachen hatte sich der Oberdeldok ins Gras plumpsen lassen. Es gab ein knirschendes Geräusch.

»Zwei«, sagte der Opozähldok trocken.

»Zwei was?«, fragte der Oberdeldok plötzlich streng.

»Ei Nummer zwei ist kaputt. Du hast dich auf ein Ei gesetzt, Oberdeldok.«

»Bei meinen dottergelben …« Der Oberdeldok stand auf und schaute sich das zerdrückte Ei auf seinem Hosenboden an. »… Bartspitzen!«, sagte er ärgerlich.

Jetzt musste Deldok furchtbar lachen. Wahrscheinlich hatte er das vom Vater. Auch er kriegte einen richtigen Deldok-Lachanfall. Konnte gar nicht mehr aufhören …

Da wurde Vater Oberdeldok aber wütend!

»Hühnerdreck und Federfraß! Lacht der doch glatt seinen Vater aus. Zur Strafe, Deldok, schreibst du einen Aufsatz über das Thema ›Unsere Heimat, das Grasland‹!«, rief er zornig.

Immerhin wissen wir jetzt, dass Deldok schon schreiben konnte. Das hatte er in der Schule gelernt. Deldok ging übrigens gern in die Schule. Auch wenn er zu seinem Bedauern das einzige Kind in der Klasse war, was ja nun wirklich nicht immer angenehm ist. Bei niemandem kann man auch nur die allerkleinste Silbe abschreiben! Aber da die Schulhöhle gleich neben der Wohnhöhle lag, hatte er wenigstens keinen langen Schulweg. Und da der Oberdeldok sein Lehrer war, dauerten die Schulstunden auch nie besonders lange. Spätestens nach einer halben Stunde Unterricht bekam der Oberdeldok nämlich immer Hunger und ging nach nebenan in die Wohnhöhle, um drei, vier Spiegeleier oder wenigstens zwei hart gekochte Eier mit Grasspitzen zu essen.

Jetzt war Deldok ganz schön sauer wegen der zusätzlichen Hausaufgaben (Aufsätze schrieb er sowieso nicht gerne), und da der Opadeldok wegen seiner bekleckerten Schuhe auch nicht gerade gute Laune hatte, herrschte dicke Luft bei den Opodeldoks. Denn der Oberdeldok hatte sich von seinem Wutanfall

noch lange nicht erholt. Nur Omadeldok blieb gut gelaunt, weil sie ja nicht dabei war.

Aber dies alles war noch nichts Außergewöhnliches, dicke Luft gab es immer mal wieder. Wie in Menschenfamilien auch.

Beim Abendessen wurde die Stimmung schon besser, zumindest die vom Oberdeldok. »Bei meinen dottergelben Bartspitzen! Die Spiegeleier sind wieder hühnerhaft prächtig!«, rief er begeistert. »Ich könnte jeden Abend Spiegeleier essen.«

»Aber das tust du doch auch, Papa«, platzte Deldok heraus.

Das war ein Fehler, denn ein Oberdeldok lässt sich nicht gern verbessern, auch wenn er noch so sehr im Unrecht ist.

Der Oberdeldok kriegte jedenfalls einen roten Kopf, drehte heftig seine dottergelben Bartspitzen und wurde laut: »Sohn, unterbrich mich nicht ständig! Nenne mir lieber die fünf wichtigsten Grassorten. Die fünf wichtigsten Grassorten sind?«

»Erstens, zweitens, drittens, viertens, fünftens?«, mischte sich der Opozähldok ein.

Der kleine Deldok verdrehte die Augen und guckte so, wie es Erwachsene ganz besonders wütend macht. Und da sah er etwas Merkwürdiges, etwas ganz Sonderbares: Über die Gipfel der Berge wehte ein rundes Etwas, dünn wie Papier, grün wie Gras, und ein Stiel war daran. Es war vielleicht gerade so groß wie Deldoks Hand, aber das konnte er im Augenblick noch nicht

feststellen, denn der Gegenstand schwebte noch weit weg im Wind und sank nur langsam in den Talkessel hinab.

Deldok leierte indessen fast automatisch seine Antwort herunter, die Grassorten hatte er schon neunundachtzig Mal aufsagen müssen: »Rispengras, Zittergras, Federgras, Kammgras und …«

In diesem Augenblick segelte der kleine Gegenstand, der über die Berge gekommen war, die letzten paar Meter durch die Luft, machte einen kleinen Salto und schwebte Deldok genau vor die Füße.

»… und rundes Gras!«, rief er, ergriff das schöne Blatt und hielt es triumphierend in die Runde.

Was nun geschah, hatte er nicht erwartet.

»Hühnerdreck und Federfraß, er hat wirklich rundes Gras!«, brüllte der Oberdeldok.

»Wo kommt das her? Das gibt's doch nicht!«, rief Opadeldok aufgeregt und Omadeldok stammelte: »Aber früher, da gab es …«

Opadeldok unterbrach sie sofort und entschieden: »Früher gab's gar nichts. Früher war alles schlechter!«

Dem Opozähldok hatte es offenbar die Sprache verschlagen und den andern fiel auch nichts mehr ein.

Sie starrten verwundert auf das Blatt.

»Dieses runde Gras ist über die Berge gekommen«, sagte Deldok ganz ruhig.

Sofort schrien alle durcheinander.

»Das ist Unsinn! – Hinter den Bergen ist nichts! – Gar nichts! Null, null, null!«

Und wie immer, wenn dem Oberdeldok überhaupt nichts mehr einfiel, stand er auf und stimmte in ziemlicher Lautstärke das Opodeldok-Lied an. Und wie immer sangen alle Opodeldoks mit:

> »Wir sind die Opo-,
> wir sind die -deldoks
> und fragen nicht zu viel,
> wir sind gescheit.
> Denn wer zu vieles fragt,
> denn wer zu vieles fragt,
> der kriegt nur Ärger und
> der kommt nicht weit.«

17

Weil Deldok so leise sang, machten die anderen Opodeldoks eine kleine Pause und sahen ihn auffordernd an. Deldok gab sich einen Ruck und stimmte mit ihnen laut die zweite Strophe an:

>>So opohungrig,
deldokdurstig,
opofaul
und deldokwurstig,
so opofröhlich
und deldokfein,
kann nur …
kann nur …
kann nur ein Opodeldok sein!<<

Aber der kleine Deldok war immer noch nicht sehr bei der Sache.

# Der Kissenturm

Rundes Gras war über die Berge geweht. Eine Grassorte jedenfalls, die es im ganzen Grasland nicht gab! Also musste hinter den Bergen doch irgendetwas sein …

Deldok ging das nicht aus dem Kopf.

Aber wenn er die andern Opodeldoks danach fragte, wurden sie böse und jeder behauptete einfach: »Hinter den Bergen gibt es nichts. Nichts, nichts, nichts, nichts!«

Deldok beschloss, auf eigene Faust zu erkunden, was hinter den Bergen war.

Eines Nachmittags, als alle faul in der Sonne dösten, schlich er unbemerkt davon.

Wenn man sehen will, was hinter den Bergen ist, muss man einfach hinaufklettern!

Leider haben die Graslandberge einen großen Nachteil: Sie beginnen nicht – wie die meisten anständigen Berge – mit sanften Hügeln, die allmählich steiler werden, nein, die Graslandberge ragen sofort ziemlich schroff in die Höhe.

Kaum hatte Deldok den Wiesenrand hinter sich gelassen, als das Unternehmen schon schwierig wurde.

Auf dem Felsgeröll am Fuß der Berge rutschten ihm dauernd die Füße weg. Schließlich fand er für einen Augenblick gar keinen Halt mehr und fiel bös auf die Knie. Aber so schnell wollte er

nicht aufgeben. Zwei Fels-
spitzen ragten aus ödem Geröll.
Er stieg auf die eine, balancierte
hinüber auf die andere und hatte
es endlich geschafft: Er stand am
Fuß der Steilwand.

Senkrecht ragte die Wand über ihm
hoch. Wie sollte er da hinaufkommen?
Doch hier war eine Steinnase, an der er sich
festhalten konnte, und dort ein Absatz, auf
dem ein Fuß gerade Platz hatte. Geschickt
hangelte sich Deldok nach oben. Über ihm
war eine kleine Plattform. Mit beiden
Händen zog er sich hinauf.

Wieder sah er sich um: Nirgendwo
konnte er einen bequemeren Aufstieg
entdecken. Und der Fels über ihm
schien glatt wie eine Eierschale, kein
Griff, kein Halt, kein Steg.

Deldok stand auf und tastete die Wand ab. Da, seitlich wuchs tatsächlich noch ein einsames Grasbüschel! Auf Zehenspitzen stehend, konnte er es packen. Er holte tief Luft und zog sich mit ganzer Kraft nach oben. Seitlich sah er eine Kuhle. Da hinein könnte er die Knie schieben. Nur noch ein winziges Stück!

Aber Deldok war zu schwer für das Grasbüschel. Es lockerte sich und Gras und Deldok stürzten auf die Plattform. Deldok rutschte ab und fiel über die Felswand auf die Geröllhalde.

Zum Glück hatte er sich nur das rechte Knie aufgeschlagen und seine Hose war zerrissen. Aber jede Hoffnung, auf diese Art über die Berge sehen zu können, war dahin. Das war für Deldok ein niederschmetterndes Erlebnis. Doch seine Neugier saß tief und ließ ihn nicht los.

Eines Tages, als alle nach dem Frühstück satt und faul vor der Höhle hockten, merkte einer, was in Deldok vorging.

Der Opozähldok rief nämlich plötzlich: »Der schaut jetzt schon seit einer Stunde und siebenundzwanzig Minuten auf die Berge!«

»Das geht aber nicht!«, knurrte Opadeldok. »Das können wir nicht dulden.«

»Ich möchte doch wirklich nur wissen, was hinter den Bergen ist«, sagte Deldok kleinlaut. So streng waren die Opodeldoks sonst nie mit ihm; nur, wenn er solche Fragen stellte.

»Was ist nur in dich gefahren!«, rief Papa Oberdeldok. »Dahinter ist nichts, da wird nicht gefragt, da wird nicht geguckt und basta und Hausarrest für den ganzen Nachmittag!«

»Guck doch einfach woandershin!«, flüsterte Omadeldok dem Kleinen zu, als der traurig in die Höhle schlich.

Dort kam ihm allerdings eine Idee. Und gleich wurde seine Laune wieder sehr viel besser. Ungeduldig wartete er auf den Abend.

Kaum war die Sonne untergegangen, schlüpften die anderen zu ihm in die Schlafhöhle. Die Opodeldoks gehen nämlich sehr früh schlafen, genau wie ihre Hühner. Und gleich darauf schnarchten vier Opodeldoks friedlich im Chor. Nur einer schlief nicht und versuchte mühsam, sich wach zu halten: der kleine Deldok!

Als die Opodeldoks am nächsten Morgen aufwachten, mussten sie sich der Reihe nach ganz erheblich wundern. Sie lagen nämlich nicht wie sonst auf ihren vielen schönen, weichen, grasgefüllten kleinen Kissen und großen Polstern, sondern auf dem blanken Höhlenboden.

»Sechs und drei!«, rief der Opozähldok immer wieder aufgeregt. »Sechs und drei!«

»Sechs und drei?«, sagte der Oberdeldok gähnend. »Was ist ›sechs und drei‹?«

Aus der Ecke antwortete Omadeldoks liebe Stimme: »Sechs und drei ist neun.«

»Nein, nein, nein!«, widersprach der Opozähldok ärgerlich.

»Nein?«, sagte Omadeldok nachdenklich. »Früher war sechs und drei neun.«

Das Stichwort »früher« hatte den Opadeldok geweckt.

»Früher war alles schlechter!«, behauptete er einmal mehr und auf alle Fälle.

Der Oberdeldok sagte laut: »Ich will endlich wissen, was ›sechs und drei‹ bedeuten soll?!«

»Sechs Kissen und drei Polster fehlen mir«, sagte der Opozähldok kläglich. »Kein Wunder, dass mein Kreuz wehtut.«

Na ja, da merkten sie endlich, dass in der Tat allen alle Kissen und Polster fehlten – und es waren wirklich sehr viele in der Schlafhöhle gewesen! Denn die Opodeldoks schätzten die Bequemlichkeit fast so sehr wie Eier.

»Und Deldok fehlt auch!« Es war natürlich Omadeldok, der das zuerst auffiel. Alle guckten sich schlaftrunken an und um und sahen dabei ein kleines bisschen blöde aus. Schließlich rannten sie aus der Höhle.

Und was sahen sie da? – An der steilen Felswand lehnte der merkwürdigste Kissenturm, der je gebaut wurde.

Ganz obendrauf, knapp unter dem Grat des niedrigsten Berges, saß der kleine Deldok. Sie konnten sich kaum vorstellen, wie er dieses Kissengebäude überhaupt aufgetürmt hatte. Er musste immer wieder an den Polstern hinaufgeklettert sein, um neue Kissen obendrauf zu legen, dann wieder vorsichtig runter, um andere nachzuholen – die reinste akrobatische Leistung!

Doch jetzt, wo der Turm so hoch war, dass Deldok fast, aber nur fast hinter die Berge hätte sehen können, jetzt geriet der ganze weiche Bau langsam ins Schwanken.

Die Opodeldoks sahen fassungslos zu, wie sich der Kleine noch in der Felswand festkrallen wollte, hörten, wie er »Hilfe, o Hilfe!« rief, und dann verrutschte der ganze Kissenturm und fiel in sich zusammen.

Deldok purzelte mitsamt all den Kissen zu Boden. Glücklicherweise war er, der vielen Kissen wegen, ziemlich weich gefallen. Nur das linke Knie hatte er sich ein bisschen aufgeschlagen.

»Mein armer Deldok!«, sagte Omadeldok mitleidig. Opadeldok knurrte: »Meine armen Kissen! Was wolltest du nur da oben?« Und der Oberdeldok schrie: »Was bedeutet das, Hühnerdreck und Federfraß?!«

»Ich – ich wollte doch nur mal über die Berge schauen«, weinte Deldok und rieb sein Knie. Gab das vielleicht ein Opogebrüll!

Während der Opozähldok die Kissen nachzählte, hielt der Oberdeldok seinem Sohn eine gewaltige Strafpredigt, die etwa so endete: »Lass dir das als Warnung dienen: Wer über die Berge gucken will, fällt auf die Nase! – Und damit du in Zukunft nicht mehr auf so dumme Gedanken kommst, wirst du ab jetzt die Hühner hüten! Zur Strafe, verstanden?!«

# Hühnerdienst

Aber für Deldok war das eigentlich keine echte Strafe, denn er mochte die Hühner sehr gern. Besonders die Henne Helene.

Helene war das älteste, klügste und netteste Huhn im ganzen Grasland. Sie genoss bei den Opodeldoks und bei den Hühnern gleichermaßen Respekt. Schließlich war sie schon in das Alter gekommen, in dem Hühner langsam anfangen zu sprechen. Das kommt aber äußerst selten vor.

Und es war fabelhaft nützlich, denn die zweisprachige Helene (Hühner- und Opodeldok-Sprache!!) konnte hervorragend zwischen Hennen und Opodeldoks vermitteln. Wie ein richtiger Dolmetscher.

Eine Besonderheit zeichnete Helene aus, die fast noch seltener vorkommt als ein sprechendes Huhn. Sie konnte nämlich silberne Eier legen. Selbstredend tat sie das nicht jeden Tag. Nein, Silbereier fabrizierte Helene nur, wenn sie sich besonders aufregte. Sie wusste selbst nicht so genau, wann nun ein Silberei herauskam und wann ein normales!

Aber für die Silbereier interessierte sich im Grasland niemand. Die Opodeldoks betrachteten sie als Abfall. Nur damit der nicht in der Gegend herumlag, stapelten sie die Silbereier in der Vorratshöhle auf, irgendwo in einer dunklen Ecke.

Helene war also ein sehr sympathisches, gescheites, großes weißes Huhn.

Schon früher hatte sich Deldok mit Helene ganz besonders gut verstanden.

Als er noch klein war, hatte sie ihm beigebracht, wie man ein rohes von einem gekochten Ei unterscheiden kann, ohne es zu zerbrechen. Ab und zu hatte sie ihm auch einen Stängel Zuckergras zugesteckt. Aber heimlich, denn Opadeldok war sehr naschhaft und futterte ihm das seltene Zuckergras meist weg.

Und jetzt, da Deldok fast den ganzen Tag bei den Hühnern verbrachte, waren er und Helene bald unzertrennlich.

Deldok dachte kaum noch daran, was wohl hinter den Bergen sei. Er war viel zu beschäftigt.

Er fütterte die Hühner mit Grassamen, achtete darauf, dass alle beieinanderblieben und sich nicht überall im ganzen Grasland zerstreuten und an den unmöglichsten Orten ihre Eier legten. Und vor allen Dingen dachte er darüber nach, wie er die Eierversorgung der Opodeldoks verbessern könnte.

Er sammelte lange, weiche Grashalme und baute daraus schöne Legenester. Als die Hennen einmal begriffen hatten, wozu die Nester dienen sollten, legten sie ihre Eier auch meistens brav hinein. So wurden kaum noch Eier zertrampelt oder von den Opodeldoks im hohen Gras übersehen.

Kein Wunder, dass Deldok darüber seine Schulaufgaben ein wenig vernachlässigte. Denn in die Schule musste er immer noch gehen, trotz des Hühnerhütens.

Gut, dass es Helene gab, die ihn zur Schulstunde beim Ober-

deldok begleitete. Denn die Grassorten
machten Deldok ziemlich zu schaffen. Und
darin kannte sich Helene ganz besonders
gut aus.

Wenn also zum Beispiel in der Grasstunde
der Oberdeldok mit seinem dicken Finger
auf eine große Bildtafel deutete und streng
fragte: »Welche Grassorte haben wir denn
hier? Na?«, dann blieb Deldok erst einmal die
Antwort schuldig. Denn die vielen Grassorten
auf dem Bild sahen sich einfach viel zu ähnlich.

Deldok hatte keine Ahnung. Wohl aber Helene, die
unter der steinernen Schulbank hockte und ihm ein-
flüsterte: »Rispengras, Rispengras!«

»Das ist Rispengras«, sagte Deldok laut und sicher.
Aber Papa Oberdeldok hatte Helene gesehen und gehört
und jagte sie aus der Schulhöhle.

»Hühnerdreck und – hier wird nicht vorgesagt!«, rief er dabei.

»Das ist ga … gagaga … ganz gemein, gemein!«, gackerte Helene.
Sie sprach, wie man merkt, zwar die Menschensprache, aber es
war noch eine ganze Menge Huhn drin.

»So, nun ohne Vorsagen: Was ist das für ein Gras, mein Deldok?«
Der dicke Finger zeigte auf ein anderes Gras. Deldok schielte
Hilfe suchend zum Fenster. Tatsächlich, draußen saß Helene auf
der Fensterbank und guckte ins Klassenzimmer.

Sie zupfte sich eine Feder aus und schwenkte sie hin und her.

»Federgras!«, rief Deldok und der Oberdeldok sagte: »Sehr gut, mein Söhnchen! Und dieses Gras hier?«

Im Fenster begann Helene wie verrückt zu zittern. Deldok erschrak für einen kurzen Augenblick, doch dann hatte er kapiert: »Zittergras ist das! Klar!«

»Ausgezeichnet! Und das hier nun?«

Unvermutet stürmte der Opadeldok ins Klassenzimmer und petzte: »Das Huhn hat ihm vorgezittert! Ich hab's von draußen gesehen, jawohl.«

Der Oberdeldok bekam einen roten Kopf, rannte aus der Klassenhöhle, denn ein richtiges Zimmer war es ja eigentlich nicht, und schimpfte mit Helene, die aufgeregt von der Fensterbank flatterte.

»Vorsicht, reg sie nicht auf!«, warnte Opadeldok noch, aber da war es schon zu spät.

»Das ist ganz gä … gagaga … gagagagäää … gagagääää!«, plärrte Helene und schon plumpste ein großes silbernes Ei vor den Höhleneingang.

»Wieder ein Spiegelei weniger«, knurrte Opadeldok.

Doch dem Oberdeldok schien das heute egal zu sein. »Roll das Ei hier rein und leg es ganz nach hinten, zum Abfall, Deldok!«, befahl er. Und zum Opadeldok sagte er: »Jetzt quengel nicht herum, wenn sie mal *ein* Silberei legt. Schließlich haben wir mehr als genug Eier, seitdem Deldok die Hühner hütet.«

Damit hatte er wirklich recht. Die Eierversorgung klappte immer besser. Langsam gab es hinten in der Vorratshöhle so viele Eier, dass jede Woche einmal umgeschichtet werden musste: die alten Eier nach vorn, die neuen nach hinten. Der Eierberg reichte schon vom Höhlenboden bis unter die Decke.

Die Silbereier lagen übereinandergestapelt an einer Seitenwand der Vorratshöhle.

Als Deldok das schwere Silberei in die Vorratshöhle rollte, traf er dort den Opozähldok an, der mal wieder die Eier nachzählte. Deldok brachte ihn offenbar durcheinander, obwohl er noch kein Wort gesagt hatte.

»Zweihundertdreiunddreißig, zweihundertvierunddreißig, dreihundertzweiundzweißig – Quatsch! Jetzt muss ich wieder von vorn anfangen, nur wegen dieses dummen Silbereies! Ei verdammich! Eins, zwei, drei …«, murmelte er vor sich hin.

In diesem Augenblick hörte Deldok den Laut. Er schien aus der Tiefe der Höhle zu kommen. Dorther, wo es hinter dem großen Eierberg ins unergründliche Dunkel ging. Einen Laut von fern, unheimlich und irgendwie kurios, ähnlich manchen Hühnerlauten, aber wilder und kraftvoller und ziemlich angeberisch. Es hörte sich an wie: »Ückerikiii! Kiückerükiiii!«

»Hast du das gehört, Opozähldok? Was war das?«, rief Deldok aufgeregt.

»Das war nichts«, sagte der und zählte ganz laut weiter.

Aber Deldok merkte sofort, dass der Opozähldok schwindelte.

»Das muss von ganz weit her kommen«, sagte Deldok. »Vielleicht von ›hinterm Berg‹?«

»Hinterm Berg ist nichts, fängst du schon wieder damit an?«, sagte der Opozähldok. »Scher dich zu deinen Hühnern, damit ich in Ruhe zählen kann! Nun muss ich schon wieder von vorn anfangen!«

Der Opozähldok hatte unnatürlich laut gesprochen. Aber jetzt machte er eine Pause und da hörte Deldok diesen Laut noch einmal: »Kückerikiiii!«

»Da war es wieder, Opozähldok!«

»Nichts war da. Begreif es doch endlich! Und kümmere dich um deine Hennen!«

Nachdenklich trottete Deldok aus der Vorratshöhle und durch die Wohnhöhle ins Freie.

Ich muss mit Helene darüber sprechen, dachte er.

Er konnte nicht ahnen, dass ihm seine Freundin etwas zeigen würde, was er noch nie gesehen hatte.

# Eine fremde Feder

An diesem Nachmittag hatte Deldok eine Idee, wie man die Eierversorgung der Opodeldoks weiter verbessern könnte: Er beschloss, eine Eierlegeanlage zu bauen.

Darunter darf man sich keine schrecklichen Käfige vorstellen, wo die armen Hühner eingesperrt sind und sich kaum rühren können. Nein, Deldok stellte einfach alle Legenester auf einer kleinen Böschung nebeneinander auf und bohrte in jedes Nest ein Loch, das in eine geflochtene Regenrinne mündete. Diese Rinnen nun endeten alle in einem großen Eierkorb, ganz einfach. Kaum gelegt, kullerten also die frischen Eier auf sanften Schrägen gemächlich in den Korb. War der voll, musste er nur noch in die Vorratshöhle gebracht und geleert werden.

Auch den Hennen selber machte die Neuerfindung Spaß. Sie gackerten vor Vergnügen, wenn ihre Eier in der Rinne nach unten rollten und im Korb landeten. Waren mal zufällig alle Nester besetzt, stellten sie sich ganz artig hintereinander an und warteten ohne Drängeln, bis sie an die Reihe kamen.

Natürlich war das auch Helenes Verdienst, denn sie hatte Deldoks Ideen in die Hühnersprache übersetzt und die Anlage geduldig allen Hennen erklärt.

Nun hockten Deldok und Helene zufrieden im Gras und ließen sich von der milden Nachmittagssonne bescheinen. Weit und breit war niemand, der sie belauschen oder stören konnte. Deldok betrachtete die Gipfel der Berge und erzählte Helene von den seltsamen Lauten, die er am Vormittag in der Vorratshöhle gehört hatte. Auch vom Erlebnis mit dem runden Gras berichtete er ihr und dass die Opodeldoks immer furchtbar aufgeregt wurden, wenn das Gespräch auf »hinter den Bergen« kam.

»Kannst du ein Geheimnis be-halten, halten?«, fragte Helene.

»Natürlich kann ich das«, sagte Deldok.

»Dann will ich dir was zeigen, was zeigen.« Helene stocherte mit dem Schnabel unter ihrem rechten Flügel herum. »Hier!«, flüsterte sie schließlich. »Das ist über die Berge geflogen, als ich noch ein Küken war, ein Küken. Hab ich gut aufgehoben, aufgehoben.«

Sie streckte Deldok eine Feder hin, eine richtige typische Hühnerfeder – nur die Farbe stimmte nicht. Die Feder war nämlich nicht weiß, sie war von leuchtendem *Rot*!

»Ist das denn eine Hühnerfeder? Unsere Hennen haben doch überhaupt keine roten Federn«, staunte Deldok.

34

»Sag ich doch, sag ich doch!«
»Also *muss* es was geben auf der anderen
Seite vom Berg … Wenn man es nur rausbe-
kommen könnte!«
Und so versuchte er es noch einmal.
Diesmal wollte er nicht über die Berge sehen, sondern
in den Berg hineingehen. Dorthin, wo er die seltsamen
Laute gehört hatte …

Eines Nachts, als gewaltiges Opodeldok-Schnarchen die Höhlenwände erzittern ließ, kletterte Deldok leise über die schlafenden Opodeldoks hinweg und schlich nach hinten, in die große Vorratshöhle. Seine Eierschalenfunzel beleuchtete den dunklen Höhlenraum nur schwach. Ihm war unheimlich, als er nun begann, die aufgestapelten Eier vorsichtig beiseitezuräumen. Deldok hatte es fast vermutet: Hinter dem Eierberg kam nicht etwa die Höhlenwand zum Vorschein, sondern ein dunkler, geheimnisvoller Raum. Eine schwarze Öffnung, die ins Ungewisse führte. Er beugte sich über die noch aufgestapelten Eier, reckte

den Arm mit dem Licht weit in den verborgenen Teil der Höhle hinein und versuchte vergebens, dort etwas zu erkennen.

Plötzlich blies ihn ein Windstoß direkt aus dem Dunkel an und pustete seine Laterne aus. Ein fürchterlicher Schreck fuhr Deldok in die Glieder, er drehte sich um, stieß gegen die aufgestapelten Eier, erschrak noch mehr, rannte in seiner Panik mitten in die beiseitegeräumten Eier, stürzte und fiel rückwärts in den Eierberg.

Das scheußliche Geräusch von berstenden, fallenden, ineinandergedrückten Eiern weckte die Opodeldoks. Kein Schnarchen mehr, dafür »Hühnerdreck und Federfraß«-Rufe; Lichter wurden angezündet. Und mitten in einem Haufen zerschlagener Eier saß zitternd der kleine Deldok.

Natürlich konnte nicht einmal Omadeldok die Strafpredigt des Oberdeldoks verhindern. »Was soll das bedeuten, Hühnerdreck und Federfraß!«, schrie er. »Die schönen Eier! Kannst du mir erklären, was das soll?«

»Ich – ich wollte nur mal gucken, was dahinter ist. Das habe ich wirklich nicht gewollt«, stotterte Deldok.

»Bei meinen dottergelben Schnurrbartspitzen, dir werden wir das Dahintergucken- und Drübersehen-Wollen schon austreiben!«, schrie der Oberdeldok. »Du wirst gar keine Zeit mehr für solche Hirngespinste haben. Zur Strafe wirst du ab morgen nicht nur die Hühner hüten, sondern auch die Spiegeleier braten! Jeden Tag! Und zwar für alle! Das wird dir die Flausen schon austreiben. Und jetzt marsch auf die Kissen! Und zwar schnell! Nun wird geschlafen!«

# Stabhochsprung

Nun, so hart war auch diese Strafe nicht für Deldok. Er bastelte ja sehr gerne und so erfand er während der nächsten Wochen eine Eierbratmaschine.

Das klingt schwierig. Aber im Grunde genommen war die ganze Anlage leicht zu bauen.

Deldok schloss einfach an den Eiersammelkorb einen Schieber mit einer weiteren Röhre an. Öffnete man diesen Schieber, rollte jeweils ein Ei durch diese Röhre und sprang über einen scharfen Stein, der die Eierschale zerbrach. Nur Eiweiß und Eigelb tropften dann in eine darunterstehende Pfanne.

Ganz schlau ausgedacht war die Verbindung zwischen dem Schieber und einer großen Lupe, die die Sonnenstrahlen einfing und unter der Bratpfanne ein Trockengrasfeuer entzündete. Das Feuer erhitzte die Pfanne, die Pfanne die Eier, die gleich darauf zu Spiegeleiern wurden.

Die Opodeldoks waren begeistert, sogar Opadeldok sagte ein übers andere Mal: »Früher war alles schlechter!«

Der Oberdeldok rief: »Bei meinen dottergelben Bartspitzen, so gute Spiegeleier habe ich noch nie gegessen!«

Da war Omadeldok sogar ein bisschen beleidigt, schließlich galt sie
bisher als beste Spiegeleierköchin.
Der Opozähldok zählte pausenlos, wie
viele Spiegeleier in welcher Zeit gebraten
werden könnten und wie viele Zentner
Eierschalen dabei in einem Jahr wohl abfal-
len und wie viele Spiegeleier der Oberdeldok
wohl schon in seinem Leben gegessen hatte,
obwohl keiner wusste, wie alt der Oberdeldok war. Er selber wusste es auch nicht.
Obwohl Deldok nun zwei Pflichten hatte
(das Hühnerhüten und das Eierbraten),
führte er ein geruhsames, ein opodel-
döses Leben. Die Hennen legten
ihre Eier von ganz alleine in die
Nester und das Eierbraten
besorgte die Bratanlage.

Und da alles so gut funktionierte, strich er nachmittags mit Helene durch die Wiesen oder sonnte sich oder starrte in den Himmel oder beides. Und machte heimliche Pläne, über die er mit niemandem sprach. Nicht mal mit Helene, zumindest nicht gleich.

Erst als die eines Tages, bei solch einem Nachmittagsdösen, plötzlich aufgackerte und nach oben zeigte und Deldok hinter den Bergen einen dunklen Rauch aufsteigen sah, der schnell verwehte, erst da zeigte er ihr, was er heimlich gebastelt hatte.

Es war ein langer, langer Stab aus ganz fest gedrehtem Langgras, mindestens fünfmal so lang wie Deldok selbst.

»Und was willst du damit machen, damit machen?«, fragte Helene.

»Ach«, sagte Deldok, »ich habe da so eine Idee! Wo Rauch ist, da müssen doch Leute sein, Opodeldoks wie wir, oder nicht?«

»Du willst also immer noch über die Berge, die Berge? Aber das ist doch verboten und gefährlich und gagaga … gagagagäää … gagagagagaääää …«

Seit Langem war Helene schon kein silbernes Ei mehr passiert, doch diesmal konnte sie es nicht verhindern. Ebenso wenig ein paar Tage später, als Deldok seine neue Erfindung ausprobierte.

Es geschah kurz nach dem Frühstück. Die Opodeldoks saßen um den Steintisch herum und waren zu faul, ihr Geschirr wegzuräumen oder gar abzuwaschen. Deldok hatte sich zur Hühnerwiese aufgemacht. Niemand dachte sich etwas dabei.

Bis Deldok plötzlich angerast kam, als ob ein wilder Stier hin-

ter ihm her wäre. (Aber Stiere gibt es ja im Grasland nicht.)
In den Händen hielt Deldok die lange Stange, kerzengerade nach
vorn, in Laufrichtung.

Die Opodeldoks klatschten Beifall, sie hielten das Ganze wohl für
eine Art Theatervorstellung und feuerten Deldok an: »Schneller,
schneller, schneller, schneller!«

Deldok wetzte wirklich, so schnell er die Beine werfen konnte.
Immer näher raste er auf die steile Felswand neben der Höhle
zu.

(Das war übrigens der Moment, wo Helene wieder mal ein Silberei legen musste.)

Kurz vor der Felswand bohrte Deldok die Spitze seines Stabes
in den Boden und sprang, sich am Stab haltend und damit ab-
stoßend, nach oben, hoch hinaus, höher und höher, bis er fast
den Rand der Berge erreicht hatte – doch in diesem Moment
brach der Grasstab mittendurch. Deldok stürzte kopfüber in den
kleinen Wiesenteich. Was ihn vor schwereren Verletzungen be-
wahrte.

Die Opodeldoks schlugen sich vor Vergnügen auf die Schenkel,
hüpften herum, lachten und tanzten. Der Oberdeldok begriff
wohl gar nicht, dass Deldok mal wieder über die Berge hatte gucken wollen. Nur Omadeldok hatte alles gemerkt, nahm den nas-
sen, tropfenden Deldok beiseite und flüsterte ihm zu: »Siehst du,
das kommt davon! Nun zieh dir schnell trockene Kleider an!«

Deldok war natürlich ganz traurig und beschämt, und Helene
brauchte tagelang, um ihn wenigstens ein bisschen wiederauf-
zurichten.

41

Trotz alledem: Seinen Traum hatte Deldok noch immer nicht aufgegeben.

Er beschloss, es irgendwann noch einmal zu versuchen. Dann wollte er wirklich seinen ganzen Grips zusammennehmen und denken und tüfteln und erfinden und basteln, bis ihm etwas einfiel, was ganz sicher klappte und ihm doch noch einen Blick über die Berge verschaffen würde.

Darüber verging fast ein Jahr …

# Die geheime Erfindung

In dieser Zeit machte Deldok die größte Erfindung seines Lebens. Aber noch konnte niemand sie sehen, sie steckte nämlich noch komplett in Deldoks Kopf.

Damit auch etwas daraus wurde, musste er sich zuerst noch einige Gegenstände besorgen, ohne dass die Opodeldoks misstrauisch wurden. Aber Deldok war nicht nur ein Jahr älter, sondern auch ein Jahr schlauer geworden. Als Erstes ging Deldok zu Omadeldok, die gerade an einer neuen Grashose für Opadeldok strickte.

»Du, Oma …«, sagte Deldok und zögerte ein bisschen. »Oma, kannst du mir mal ein Stück Grasschnur leihen? Aber ziemlich dicke.«

»Grasschnur?«, fragte Omadeldok erstaunt. »Willst du auch stricken? Ich finde es ganz toll, wenn Jungs stricken lernen. Was soll es denn werden?«

»Nein, nein. Mit dem Stricken fang ich später mal an. Ich brauch die Schnur nur mal so …«

»Nur mal so?«, fragte Oma und lachte. Sie wusste, dass Kinder eigentlich immer eine Schnur brauchen. »Na meinetwegen. Hol dir, so viel du brauchst, aus meiner Schlafecke!« Jetzt hatte Deldok schon die Grasschnur. Er würde eine ziemliche Menge davon brauchen.

Etwas schwieriger war es, den Opozähldok dazu zu bringen, ihm eine Steinwippe zu bauen. Aber er schaffte auch das.

»Opozähldok, darf ich dich mal stören?«, fragte er.

»Sieben hin, drei im Sinn, macht siebenundfünfzig, davon gehen ab die Silbereier, vier …« Der Opozähldok, wie immer beim Eierzählen, war wirklich ein bisschen ärgerlich über die Störung. Aber als Deldok fragte: »Sag mal, was ist eigentlich ein Dreieck?«, da war Opozähldok ganz in seinem Element. »Ein Dreieck? Das kann ich dir erklären, Deldok«, sagte er eifrig. »Ein Dreieck ist eine ebene, von drei Punkten und von drei geraden Seiten gebildete Figur, deren Winkelsumme 180 Grad beträgt.«

»Das versteh ich nicht«, sagte Deldok wahrheitsgemäß. »Kannst du mir das nicht mal irgendwo zeigen? Hier zum Beispiel: Die Tischplatte ist doch gerade.«

»Richtig, Deldok«, antwortete Opozähldok dankbar. »Die Steinplatte ist gerade, und der Boden, auf dem sie liegt, ist auch gerade. Komm, hilf mir mal heben, für einen allein ist die Tischplatte zu schwer!«

Gemeinsam schoben sie die schwere Platte von ihrem Sockel und lehnten sie schräg an einen runden Stein, sodass sie mit Sockel und Boden ein Dreieck bildete.

»So, mein Junge, das ist ein Dreieck. Grundlinie! Höhe! Winkel!«
Der Opozähldok war begeistert.

»Danke, Opozähldok«, sagte Deldok und ging davon.

Die Tischplatte lag jetzt genau am richtigen Platz!

»He, Deldok!! Wollen wir nicht die Platte wieder hinlegen?«, rief
ihm der Opozähldok nach.

Aber Deldok verschwand schon in der Wiese. »Später, Opozähldok, später, ja?«, rief er und ging zu Opadeldok. Der goss gerade
sein Grasbeet. Seit vielen Jahren versuchte er, neue Grassorten
zu züchten. Aber bisher war ihm noch keine einzige gelungen.

»Früher war alles schlechter! Alles!«, begrüßte Opadeldok den
kleinen Deldok.

»Auch das Gras?«, fragte Deldok.

»Viel schlechter!« Opadeldok goss die Kanne leer.

»Und die Gießkannen?«

»Ganz schlecht!«

»Darf ich sie mal haben?«

»Wen?«, fragte Opadeldok misstrauisch. »Meine neuen Grassamen?«

»Nein, Opa, die Gießkanne. Ich will mal sehen, ob sie wirklich
so viel besser ist als früher.«

»Kannst du gar nicht feststellen, du hast ›früher‹ ja gar nicht
gekannt. – Was willst du denn mit der Kanne?«

»Ach, nur mal so.«

»Also gut«, sagte Opa. »Ich bin sowieso fertig. Besser die Kanne
als über die Berge gucken. Über-die-Berge-Gucken ist schlecht,
verstanden?«

Da war Deldok aber schon ein Stück weg. »Danke, Opadeldok«, rief er.

Was fehlte jetzt noch? Deldok überlegte.

»Schnur hab ich, die Gießkanne hab ich, die Steinplatte liegt am richtigen Platz … Das Rad! Das Rad brauch ich noch. Da muss ich wohl den Oberdeldok fragen.«

Niemand wusste mehr, wann und wie dieses kleine hölzerne Mühlrad ins Grasland gekommen war. Denn Holz gab es dort ja nicht, nicht mal den Namen »Holz« kannten die Opodeldoks. Sie

behaupteten, das Rad sei immer da gewesen und aus einem ur-
alten Super-Riesen-Hartgras hergestellt. Der Oberdeldok hatte
es über seinen Schlafplatz an die Wand gehängt und behandelte
es so, als wäre es seine Häuptlingskrone.

»Darf ich wohl mal das Rad ins Freie tragen?«, fragte Deldok
schüchtern.

»Mein Rad ins Freie? Bei meinen dottergelben …«, polterte der
Oberdeldok los. »Was hast du damit vor, Deldok?«

»Ich – ich möchte es erst mal putzen.«

»Putzen? Das ist ja opodeldös! Hab ich nicht einen guten
Sohn?«, rief der Oberdeldok. »Putzen! Das wollte ich schon
lange mal und das Rad hat es bestimmt bitter nötig. Aber
man hat ja so viel zu tun als Oberdeldok.« Er gähnte und
räkelte sich in der Sonne. »Nimm es, Söhnchen! Und

putze! Putze aber vorsichtig! Es ist schließlich das einzige Rad,
das wir haben.«

»Danke, Papa!« Deldok ging in die Höhle und holte das Rad
von der Wand. Der Oberdeldok hatte bestimmt nicht die leiseste
Ahnung, wozu ein Rad gut ist …

Deldok allerdings wusste es. Er hatte es einfach durch Nachdenken herausgekriegt, wenn er abends in der Schlafhöhle vom
Blick auf die Berge geträumt und das Rad an der Wand angestarrt
hatte.

Jetzt hatte Deldok wirklich fast alles beisammen. Bis auf den
großen Drachen aus Graspapier. Den baute er ganz zuletzt und
weit weg von der Opodeldok-Höhle, damit nur ja kein anderer
Opodeldok etwas von seinem Plan merken konnte.

# Der Abflug

Das erste Morgenlicht schimmerte über die Berge, aus der Höhle drang das Schnarchen der Opodeldoks, als Deldok draußen vor der Höhle seine Erfindung betrachtete. Es war die tollste, verrückteste Anlage, die je im Grasland gebaut worden war.

Sie war so kompliziert, dass man sie gar nicht beschreiben kann. Man kann sie höchstens zeichnen.

eine Steinkugel

Eine Wurzel hält die Kugel.

Dieser Felsbrocken stand schon immer auf dem Dach.

Schnur zur Gießkanne

eldok und elene auf er Wippe Tischplatte)

mit Wasser gefüllte Gießkanne

Die Hühner sitzen auf einem Stein. Durch ihr Gewicht klemmen sie die Schnur unter dem Stein fest.

das Kleine Mühlrad

Deldok war ganz schön stolz auf seine Anlage, aber er war auch ganz schön aufgeregt.

»Willst du vorher noch ein Silberei legen?«, fragte er Helene, als er neben ihr auf der Wippe stand. »Dann haben wir nachher weniger Gewicht.«

»Lass mal, lass mal!«, sagte die Henne zitternd. »Ich bin schon in Ordnung, Ordnung.«

»Hast du keine Angst?«

»Doch, ganz schrecklich, schrecklich.«

»Ich auch, Helene, beruhige dich, ich auch«, tröstete Deldok sie.

In diesem Augenblick kam der Oberdeldok aus der Höhle. »Bei meinen dottergelben Bartspitzen, was macht denn unser Deldok da?«, rief er.

Opadeldok trottete hinterher und knurrte gleich: »Das darf er nicht! Das darf er doch nicht! Das ist meine Gießkanne!«

Omadeldok kam auch aus der Höhle. »Was soll das alles bedeuten, Deldokchen?« Und der Opozähldok rannte hinterher: »Wieso stehst du auf meinem Dreieck?«

»Fang endlich an!«, gackerte Helene. »Jetzt kommen sie alle, alle!«

Deldok klatschte in die Hände, rief: »Los! Fliegt, fliegt, hoch auf!«

Und während alle Opodeldoks fassungslos vor dem Höhleneingang standen, geschah es: Die Hühner flogen vom Haltestein hoch, dadurch kam der ins Rutschen. Die erste Schnur gab nach, sodass sich die Gießkanne senkte und Wasser auf das Mühlrad floss. Das Mühlrad drehte sich, wickelte die zweite Schnur auf, die wiederum zog die Graswurzel unter der Steinkugel weg. Die Steinkugel kam ins Rollen, knallte an den großen Stein, der wackelte kurz und stürzte dann mit einem entsetzlichen Getöse auf die Wippe. Und die Wippe schleuderte Deldok mitsamt dem Drachen und Helene hoch in die Luft. Das alles dauerte nur wenige Augenblicke.

»Hühnerschreck … äh … Federschreck und … Hühnergras!«, stammelte der Oberdeldok. »Er … fliegt! Seht ihr's? Mein Sohn fliegt!«

Der Drachen kriegte jetzt Aufwind und stieg steil an den Felswänden empor.

»Das darf er nicht!«, schrie Opadeldok. »Komm sofort herunter, sonst hol ich dich!«

Da waren Deldok und Helene aber schon in Höhe der Gipfel.

Doch plötzlich drohte der Drachen nach unten zu fallen. Er wackelte und torkelte. Die Opodeldoks hörten ein sehr aufgeregtes »Gagagagagäääääää!« aus dem Himmel, dann plumpste ein silberglänzendes Ei herunter.

Sofort bekam der Drachen wieder Schwung und flog mit Deldok und Helene über die Bergesgipfel ins Blau des Graslandhimmels.

»Wir fliegen, wir fliegen, wir fliiiieegen«, hörten die Opodeldoks Deldok jubeln. Aber es klang schon sehr weit entfernt.

Und gleich darauf waren die zwei nicht mehr zu sehen und bald auch nicht mehr zu hören.

»Was siehst du?«, brüllte der Oberdeldok noch hinterher, doch es kam keine Antwort.

Omadeldok seufzte ein trauriges »Deldokchen!« und alle Opodeldoks setzten sich ziemlich ratlos ins Gras.

Ja, jetzt flog Deldok wirklich über die Berge. Doch bevor wir ihn über die Gipfel begleiten, muss erst von einem anderen Land erzählt werden.

# Waldland und Waldleute

Das Land heißt das *Waldland* und ist ringsum von hohen Bergen eingeschlossen. Wenn man es auf der Karte finden will, sollte man irgendwo zwischen Freitagvormittag und Nordpol suchen.

Was dem Grasland Gras, ist dem Waldland Wald. Es ist einfach voller Wald. Mit einigen Ausnahmen allerdings, aber von denen wird später die Rede sein.

Im Waldland gibt es große und kleine Bäume, junge und alte, Nadel- und Laubbäume. Bäume mit spitzen Blättern und solche mit runden, mit rundspitzen oder auch spitzrunden. Immergrüne und sommergrüne, welche mit gelben Blättern und welche mit grüngelben, goldgelben oder gelbgrünen Blättern. Und noch viele mehr.

Zwischen den Bäumen stehen Büsche und Hecken und Gehölze und manchmal auch nur Baumstümpfe, aber auch davon wird später die Rede sein. Im Waldland wohnen eine Menge Waldtiere, die man aber meistens nicht sieht.

Außerdem ist es die Heimat der *Waldleute*.

Das sind ganz friedliche Leute, etwas scheu, etwas ängstlich manchmal – und auch davon soll gleich die Rede sein.

Als Deldok und Helene gerade den höchsten Punkt ihres Fluges erreicht hatten, war die Waldleutefamilie wieder mal in großen Schwierigkeiten.

Sie standen zu viert in den Büschen am Rande einer Lichtung und betrachteten traurig die Reste ihres Heimes. Die Lichtung war nämlich gestern noch gar keine Lichtung gewesen. Vielmehr hatte da ein mächtiger uralter Baum gestanden mit stolzen Ästen und Hunderten von Zweigen und Tausenden von Blättern. Dieser Baum war das Heim der Waldleutefamilie gewesen: von Mogli-Mama, Mogli-Papa, dem Mogli-Opa und der kleinen Mogla.

Die Waldleute leben in und unter den Bäumen. Sie hängen ihre Hängematten zwischen die großen Astgabeln, spannen zarte Drähte zwischen die Zweige, die dann im Wind leise Musik machen, sammeln Nüsse und Beeren und träumen am liebsten vor sich hin.

Natürlich wählen sie gerne sehr große Bäume für ihre Heimstatt, weil die den meisten Schatten spenden, am besten vor Regen schützen und den meisten Platz für Waldleutefamilien bieten.

Voller Trauer blickten die vier auf die Reste ihrer Behausung: abgehauene Zweige, zerstampfte Blätter, zersägte Äste, ein zerfetzter Baumstumpf. Die Tränen standen ihnen in den Augen.

»Es ist eine Gemeinheit!«, sagte die kleine Mogla, das Waldleutemädchen. »Dabei war unser Baum so schön.«

Da kam ein scheußliches Geräusch näher. Es klang, als führe eine Holzkiste voller rostiger Nägel auf einem ungeölten Dreirad. Dazwischen hörte man knarzende, quietschende und pfeifende Töne, die an ein wild gewordenes Dampfradio erinnerten.

Die vier duckten sich in die Büsche, denn jetzt hüpften, einen Steinwurf entfernt, zwei seltsame Apparate aus dem Wald. Sie hatten jene gräulichen Töne hervorgebracht.

Es waren zwei klobige, hölzerne Monster, die nicht auf zwei Beinen gingen wie ein Mensch (oder ein Opodeldok), sondern auf dicken Sprungfedern hüpften. Sie sahen furchterregend aus. Ihr riesiger hölzerner Kopf drehte sich nach allen Seiten, sie glotzten aus ihren elektrischen Stielaugen und wackelten bedrohlich mit Sägen und Äxten, die dort angebracht waren, wo ordentliche Lebewesen gewöhnlich ihre Arme tragen.

Die Knarz-, Pfeif- und Quiektöne schienen die Sprache zu sein, mit der sich diese Holzroboter verständigten.

Geschickt schoben sie mithilfe ihrer Werkzeugarme das übrig gebliebene letzte Stück des dicken Baumstammes zwischen sich, klemmten es an die Kistenkörper, jaulten sich was zu und setzten sich langsam in Bewegung. Ihre Hupffedern knarzten, als sie mit großen Sprüngen von der Lichtung hüpften.

»Nun müssen wir wieder weiterziehen. Immer weiterziehen«, seufzte Mogli-Papa traurig und lud sich ein Bündel mit Habseligkeiten auf die Schulter.

»Wer muss die Leiter ziehn?«, fragte der Mogli-Opa, der ein bisschen schwerhörig war.

»Weiterziehn, Opa, weiterziehn!«, antwortete Mogli-Mama und nahm zwei große Tragnetze aus Lianen auf, in denen ein paar Kleider verstaut waren. Der Mogli-Papa warf einen letzten Blick auf die Stätte der Verwüstung und sagte: »Meine Windharfe haben sie auch zerstört.«

»Wer hat Rauch gehört? Rauch kann man nicht hören«, rief der Mogli-Opa.

Mogla antwortete geduldig: »Zerstört, Opa, zerstört!«

»Genau!«, rief der Mogli-Opa. »Ganz genau! Und die Windharfe ist übrigens auch kaputt.«

Sie bahnten sich langsam einen Weg durchs Unterholz.

»Ob wir wieder einen so schönen Schlafbaum
finden?«, fragte Mogla nach einer Weile.
Mogli-Papa zuckte mit den Schultern. »Es
wird immer schwieriger.«
»Warum gehen wir dann nicht weg? Einfach
weit weg, wo uns die Kisten nicht finden?«
»Was für Rinden?«, fragte der Mogli-Opa,
aber niemand antwortete ihm.
»Und wenn wir einfach über die Berge
steigen?«, fragte Mogla.
Die Mogli-Mama legte den Arm um
Mogla: »Ach, du dummes kleines Mäd-
chen. Über die Berge kann man nicht
gehn. Da ist doch gar nichts hinter den
Bergen.«
»Winterzwerge?«, fragte der Mogli-Opa.
Und wieder bekam er keine Antwort.

# Die Notlandung

Jetzt wird es allerdings Zeit, dass die Geschichte von Deldok und Helene weitergeht.

Hoch über den Bergen schwebten sie, emporgehoben und gehalten vom Wind und gesteuert von der tapfer flatternden Helene.

Unter ihnen ragten die Gipfel empor. Auf manchen von ihnen schimmerten Schneefelder und blendeten unsere begeisterten Flieger. Daneben fielen die Felsen ab in sanfte Matten oder steile Schluchten oder tiefe Täler. Und über allem der blaue, endlose Himmel, in dem ein paar einzelne weiße Wolken schwammen.

Deldok war sicher, noch nie so etwas Schönes erlebt zu haben. Träumend schaute er nach unten.

Plötzlich war es von einem Augenblick zum andern, als ob er in dicker, weicher Watte steckte. Er konnte nichts, aber auch gar nichts mehr sehen.

»Was ist los, Helene?«, rief er ein wenig ängstlich. »Wo steckst du überhaupt?«

»Hier bin ich doch, gackgack! Immer noch vor dir!«, rief Helene. »Wir sind in den Wolken.«

»Wolken?«, sagte Deldok. »Natürlich, so sehen Wolken von nah aus. Hoffentlich findest du den Weg.«

In diesem Moment stieß sein Fuß an etwas Festes.

»Flieg höher, Helene! Ich glaube, ich bin an einen Berg gestoßen!«

»Höher, höher, gagagagahh! Ich weiß doch gar nicht mehr, wo oben und unten ist!«, tönte es aus dem weißen Dunst.

RRUMMS! Schon wieder streifte Deldoks Schuh einen Gipfel!

»Oben ist da, wo dein Kamm ist, Helene!«, rief Deldok laut. »Helene!!«

»Jajajajaja!« Helenes Stimme klang ziemlich schrill. Sie hielt eine Weile den Schnabel. Dann rief sie: »Wir sollten zurück, Deldok! Ich sehe auch nichts mehr und meine Kräfte lassen nach.«

Nun wurde es Deldok angst und bange. Nie mehr werd ich das Grasland sehen, dachte er. In eine Schlucht werden wir stürzen, und ich bin auch noch schuld, wenn Helene was zustößt.

In diesem Moment riss der Wolkennebel auf und sie flogen weiter in strahlendem Sonnenschein.

Deldok sah nach unten.

Die hohen Berge waren inzwischen einem dichten, grünen Meer von Baumwipfeln gewichen, in dem nur vereinzelt kahle Stellen zu erkennen waren. Was Bäume waren, wusste der kleine Deldok ja noch nicht. Aber dass sie jetzt »über den Bergen« waren, das wusste er.

»Ist das nicht toll?«, rief er begeistert. »Sieh doch nur! Was für hohes Gras! Riesengras!«

Helene wurde zusehends schlapper.

»Wir müssen runter«, schnaufte sie, »ich kann nicht länger, länger. Achtung!«

Schon setzte die Henne zu einem steilen Sturzflug an. Schnell verloren sie an Höhe. Helene hielt direkt auf einen Baumwipfel zu.

»Aua, aua!«, schimpfte Deldok, als ihm die Zweige und Blätter um die Ohren schlugen. Helene flatterte und gackerte und der Drachen ging in Fetzen.

»Das Riesengras sticht ja!«

Doch dann sagte Deldok erst mal nichts mehr, weil er alle Kräfte brauchte, um sich an einem Ast festzuhalten. Helene hockte schon leicht zerzaust zwischen den Zweigen.

Einen Augenblick lang hielten beide den Atem an und sahen sich um. Deldok knotete die Schnüre auf, die sich im Geäst verfangen hatten.

»Jetzt sind wir über den Bergen, Bergen«, flüsterte Helene etwas vorwurfsvoll.

»Pscht!« Deldok lauschte. »Ich höre Stimmen, Helene, direkt unter uns.«

»Meinst du, hier wohnt jemand?«

»Bestimmt keine Opodeldoks. Wo es hier nur so stacheliges Gras gibt. Pscht! Da unten ist jemand.«

Unten traten vier seltsame Wesen aus dem Dickicht. Sie waren nicht größer als ein Opodeldok, aber man sah ihnen an, dass sie nicht aus dem Grasland kamen. Ihre Kleider waren aus Blättern gemacht, ihre Haare standen vom Kopf wie alte, verfilzte Wurzeln, selbst ihre Gesichtsfarbe hatte einen grünlichen Schimmer. Es waren die Waldleute.

»Habt ihr auch das Geräusch gehört?«, fragte Mogla, das Waldleute-Mädchen, und schaute sich um.

»Ja, gestört«, rief der Mogli-Opa. »Überall wird man gestört.«
Mogli-Papa und Mogli-Mama hatten wohl nichts von Deldoks
Landungslärm mitbekommen. Sie betrachteten ganz in Gedan-
ken den großen Baum, auf dem Deldok und Helene saßen.
Mogli-Mama sagte: »Ein besonders schöner Baum!«
Indes Mogli-Papa schon ausprobierte, wo und wie er am besten
seine Windharfensaiten anbringen könnte.
Mogla suchte sich eine Astgabel, an der sie ihre Hängematte
festbinden konnte.
»Das sind keine Opodeldoks«, flüsterte Deldok hoch in den
Zweigen, die ihn vor den Waldleuten verbargen. »Die sehen ganz
anders aus, Helene.«
»Aber reden können sie, ich kann sie verstehen, verstehen.«
Sie saßen eine ganze Weile schweigend und spähten durch die
Blätter und beobachteten, wie die Waldleute sorgfältig ihre Hängematten anknoteten und Mogli-Papa die Saiten spannte. Ein
leichter Wind wehte durch den Wald und die Saiten schwangen
und es erklangen zarte und liebliche Töne.
Deldok fand es unheimlich schön.
»Schön! Sehr schön, schön«, meinte auch Helene. »Fast so schön
wie Opodeldoks, die singen.«
Leise, aber bestimmt sagte Deldok: »Viel schöner, Helene, viel
schöner.«
Doch da war es auch schon aus mit den schönen Klängen! Ein
abscheuliches Geräusch kam näher. Als führe eine Holzkiste
voller Rostnägel auf einem ungeölten Dreirad.
»Sie kommen, sie kommen!«, rief eine Mädchenstimme unter

dem großen Baum. Die Mogli-Familie stürzte entsetzt in die Büsche, nur der schwerhörige Mogli-Opa stand etwas hilflos neben seiner Hängematte und sagte: »Was ist los? Wer ist geschwommen?«

Der Mogli-Papa tauchte aus dem Blättergewirr auf und zerrte den verdutzten Alten ins Gesträuch. Auf der anderen Seite erschienen die Holzroboter, brutal stampften sie mit ihren Sprungfedern alles Unterholz nieder.

Deldok und Helene oben im Baumwipfel erschraken sehr.

Die Holzroboter blinkerten nun mit ihren Glühbirnenaugen, fuhren die Köpfe raus und rein und schienen den Baum genau zu untersuchen. Dann quietschten sie einige Laute der Zufriedenheit. Es klang abscheulich.

»Schau dir das an, das an!«, flüsterte Helene.

»Seltsame Hupfkisten!«, murmelte Deldok.

»Hupfkisten? Wieso Hupfkisten?«, fragte Helene leise.

»Ich weiß ja auch nicht, wie die heißen«, sagte Deldok. »Fällt dir ein anderer Name ein?«

Die »Hupfkisten« fuhren gerade ihre Sägearme aus. Die eine Kiste zerschnitt damit die Saiten der Windharfe. Es war ein böses Geräusch, das Deldok wehtat.

Die andere Kiste sägte in unvorstellbarer Geschwindigkeit einige kleinere Bäume um, wohl um besser an den großen Baum zu kommen. Und schon machten sich die beiden mit ihren Säge- und Axtarmen an den großen Schlafbaum. Der zitterte bis an die Spitzen der Zweige. Als ob er sich fürchtete.

Unten krachten die ersten Äste zu Boden. Deldok war ganz weiß vor Wut und Angst.

»Man sollte ihnen die Kurbelwellen herausnehmen«, rief er gegen das Kreischen der Sägen und die Axtschläge an.

»Kurbelwelle? Was ist das denn, das denn?«, gackerte Helene.

»Keine Ahnung. Hab ich doch grade erst erfunden.«

Die Hupfkisten gingen dem
Baum immer wilder ans
Leben. Helene wurde bei jedem
Axthieb hochgeschleudert und
auch Deldok hatte Mühe, auf
seinem Ast zu bleiben.
»Halt dich gut fest, Helene!«,
rief er.

Aber es war zu spät. Die arme Henne flatterte wild mit den Flügeln und regte sich entsetzlich auf: »Wie denn, wie? – Huch! Ich hab schließlich keine Hände wie du – huch! Aufhören, da unten! Das ist ja ga … gaga … ist das … gagagagagagäääääää! Das geht doch … gagagagagäääääh!«

Da war es auch schon passiert: Helenes Silberei plumpste zwischen Blättern und Zweigen nach unten und direkt auf den hölzernen Kopf der einen Hupfkiste. Ein dumpfer, hohler Ton, die Kiste sackte ein gehöriges Stück in sich zusammen, und das Silberei rollte den beiden Holzrobotern vor die Füße, Verzeihung, Sprungfedern.

Sofort hörten die zwei auf zu arbeiten. Es war ein Augenblick schrecklicher Stille, als die Kisten das Silberei sehr genau betrachteten.

Dann begannen sie in leisen Quietsch- und Schepper- und Tüüütlauten miteinander zu beratschlagen. Irgendwas hatten sie beschlossen. Mit einem Mal dehnten sich ihre Sprungfederbeine immer mehr, die Kisten wuchsen nach oben, die Kistenkörper schoben sich auseinander wie eine Ziehharmonika, bis sie hoch ins Geäst des Baumes ragten. Höher und höher kamen sie. Die Stielaugen blinkten wie verrückt, die eine Kiste stieß einen scharfen Pfiff aus: Sie hatte Helene entdeckt und schob ihren Roboterkopf nah an die Henne.

Helene sträubten sich die Federn. »Da-das sieht mich an! Gagack! Das will mich holen, gagack! Gagagack!« Sie war so aufgeregt, dass sie fast nur noch Hühnersprache redete.

Und als jetzt die andere Hupfkiste einen Greifarm aus ihrem

Kistenkörper aus- und damit auf Helene zufuhr, nahm sie ihre letzten Kräfte zusammen. Wild mit den Flügeln schlagend, flog sie auf und hoch und davon in die dichten Büsche.

Die Kisten stutzten kurz, senkten sich dann rasch wieder auf normale Höhe ab und hüpften knarzend und quietschend Helene hinterher.

»Helene!«, rief Deldok hoch oben im Baum. »Helene, komm zurück!«

Helene kam nicht zurück, dafür aber eine Hupfkiste. Allerdings achtete sie gar nicht auf Deldoks Rufen, sondern schnappte sich das Silberei und hüpfte mit doppeltem Tempo in den Wald zurück, hinter dem armen Graslandhuhn her.

Deldok hatte sich weit hinausgebeugt, damit er mehr von der Verfolgungsjagd sehen konnte. Zu weit wohl, denn schon gab der dünne Ast nach, auf dem er kauerte, brach ab und Deldok stürzte nach unten.

Ziemlich unsanft landete er im Gebüsch.

# Nicht alle mögen Deldok

Langsam rappelte Deldok sich wieder auf. Er belastete Arme und Beine und stellte fest, dass alles heil geblieben war. Dann schüttelte er sich die Blätter aus den Haaren – und erschrak. Keine zwei Schritte entfernt stand jemand und starrte ihn an. Sofort duckte er sich wieder ins Blätterdickicht.

Da fiel ihm ein, dass das Gesicht da dem kleinen Mädchen gehörte, das vorhin vor den Hupfkisten geflohen war. Es war ein freundliches Gesicht, vor dem er bestimmt keine Angst haben musste.

Deldok richtete sich wieder auf. Das Mädchen stand immer noch im Blätterdickicht.

»Kannst du mir sagen, wo ich hier bin?«, fragte Deldok.

»Wo du bist? In einem Busch«, sagte das Mädchen erstaunt.

»Ach, euer Land heißt ›Busch‹«, sagte Deldok.

Nun musste das Mädchen lachen. »Du bist lustig! Das Land hier heißt ›Waldland‹, weißt du das nicht?«

»Gerade hast du gesagt, ›Busch‹!«

»Weißt du wirklich nicht, was ein Busch ist? Das hier ist ein Busch, in den du gefallen bist.«

Deldok war sehr erstaunt. Gleich zwei Wörter, die er noch nie gehört hatte. »Ach«, sagte er. »Das hohe runde Gras hier heißt Busch. Und euer Land hier Waldland. Und wie heißt du?«

»Ich heiße Mogla. Und du?«

»Ich bin ein Opodeldok und heiße Deldok. Ich komme aus dem Grasland.«

Plötzlich schien sich das ganze Gebüsch um Mogla und Deldok herum zu bewegen. Die Waldleute tauchten auf, sie mussten sich die ganze Zeit über versteckt gehalten haben.

Wild riefen sie durcheinander – so wild, wie sanfte Waldmenschen nur rufen können: »Was, der Opodeldok?« – »Schämst du dich nicht, mit ihm zu reden, Mogla?« – »Opodeldok? Pfui

Teufel, du Bandit, verschwinde hier, aber schnell, du Waldzerstörer, du Baumdieb …!« Die Waldleute konnten sich gar nicht beruhigen.

Deldok begriff überhaupt nichts mehr. Schon gar nicht, dass jetzt auch noch Mogla in das Schimpfkonzert mit einstimmte: »Er war ganz freundlich, ich kann doch nicht ahnen, dass das ein gemeiner, ekelhafter, widerlicher Opodeldok ist! Los, geh weg!«

Mogli-Papa schrie: »Verschwinde zu deinen Hupfkisten!«

Und Mogli-Mama fügte hinzu: »Und lass dich bei uns nie, nie mehr blicken!«

Da stieg auch Mogli-Opa ein: »Jawohl, zwicken! Wenn du nicht in drei Sekunden weg bist, werden wir dich zwicken!! Opodeldok!!«

Deldok floh ganz verwirrt und traurig in den Wald.

Lange noch hörte er das Schimpfen der Waldleute hinter sich.

Warum nur hatten sie den Namen »Opodeldok« so voller Abscheu ausgesprochen?

Deldok stolperte vorwärts, ohne Ziel, ohne zu wissen, was nun geschehen sollte.

Unter dem Riesengras, das »Bäume« hieß.

# Silbernase

Noch jemand war auf der Flucht, ohne zu wissen, wohin. Die arme Helene natürlich. Kreuz und quer war sie durch den Wald geflattert, hatte sich zwischen Hecken verborgen, hinter dicke Stämme gekauert, bis sie endlich das abscheuliche Geräusch der Hupfkisten nicht mehr hörte. Sie hatte keine Ahnung, wo sie sich befand, sie wusste ja nicht einmal den Namen des Landes. Niedergeschlagen trippelte sie weiter, rief ab und zu nach Deldok. Aber der ließ sich weder hören noch sehen.

Nach einer Weile lichtete sich der Wald, und Helene blickte auf hässliche Baumstümpfe, schnell und schlampig abgeholzt, und über allem lag eine dicke Rußschicht. Inmitten der traurigen Baumreste stand ein Haus, roh aus Holz gezimmert, ebenfalls wie in Ruß getaucht. Das Gebäude war zweistöckig. Das Erdgeschoss sah aus wie ein Fabrikschuppen mit angebauten großen Garagen. Außen am Haus war eine Art Aufzug zu sehen, eigentlich nur ein breites Brett, das sich auf zwei Schienen zum Obergeschoss hinaufbewegen ließ. Eine Treppe schien es nicht zu geben.

Neben dem Haus stand ein gewaltiger Ofen. Aus seinem Schornstein quoll schwarzer Rauch und unten am Ofen befand sich eine große Metalltür.

Ein rußiger Kerl kam gerade mit einem Arm voller Holz hinter dem Haus hervor und öffnete die Ofentür mit dem Fuß. Für einen Augenblick wurden Reste von Glut im Ofen sichtbar, dann warf der Bursche mit Schwung das ganze Holz in die Feuerstelle und knallte die Tür wieder zu.

Ganz entfernt sah er einem Opodeldok ähnlich. Einem sehr finsteren allerdings, denn auch ohne Ruß hätte er wohl ziemlich erschreckend ausgesehen. Das Auffallendste an ihm war eine große, silberglänzende Nase. Der Kerl ging zur anderen Ofenseite, wo ein großer Haufen Steinbrocken aufgetürmt war, und schaufelte rasch eine Schubkarre mit diesen Brocken voll. Und während er diese Schubkarre eine kleine Anhöhe hinaufschob, an der sich oben eine Rampe befand, begann er – trotz der schweren Arbeit – zu singen:

>>Silbermünzen, Silberkanne,
Silbertassen, Silberwanne,
Silberschuhe, Silberflasche,
Silbergabeln, Silbertasche!<<

Jetzt schüttete er die Brocken in einen großen Trichter, der oben in dem Ofen steckte.

>>Silberluxusblumenvase
und als bestes Stück der Sammlung:
EINE SCHÖNE SILBERNASE!<<

Die Stimme des Burschen klang genauso,
wie er aussah: grob und rußig.

»Silber, Silber, Silber, Silber, Silber …«,
trällerte der Schwarze vor sich hin,
schob einen Steintiegel vor eine
kleine Klappe in der Mitte des Ofens
und holte einen großen Eisenhaken.
Helene wich unwillkürlich ein paar
Schritte zurück und versteckte sich
hinter einem Busch.

Der Ofen qualmte nun wie
verrückt.

Der Rußige öffnete die
Klappe und sogleich
zischte ein qualmender
Silberstrahl aus dem

Ofen und floss in den Tiegel. »Silber, Silber, Silber!«, schrie der Kerl begeistert und steckte schließlich sogar seine Nase in die heiße, silberne Flüssigkeit.

Aber er schien keinen Schmerz zu empfinden. Laut grölte er sein Lied zu Ende:

> »Silber kann man gut gebrauchen,
> um die Nase reinzutauchen.«

Er nahm den glühenden Silberbarren mit einer Zange aus dem Tiegel und marschierte zu dem Aufzug.

Helene musste handeln, bevor der Typ wer weiß wohin verschwand. Sie hatte ein bisschen Angst vor ihm. Aber schließlich war er der Einzige weit und breit, den sie nach dem Weg fragen konnte.

»Hallo, Sie, hallo!«, rief sie und kam aus ihrem Waldlandversteck. »Ich habe mich verflogen, verflogen.«

Der Kerl nahm die Hand von der Seilwinde. »Dann verflieg dich gleich weiter. Ich kann keine Zuschauer brauchen, hier ist kein Marionettentheater.« – Auf einmal klang er nachdenklich: »Und überhaupt, was bist *du* denn für ein komischer Vogel? So was hab ich doch schon einmal gesehen, ganz früher, als ich jung war …«

Er setzte den Silberbarren ab und ging langsam auf Helene zu. »Sag nichts, sag nichts … Du bist – ein *Truhn*, jawoll, jetzt hab ich's: ein Truhn!«

Helene war beleidigt. »Ein Truhn? Was soll das denn sein, ga-gack? Ein Huhn bin ich, bitte schön, ein Huhn!«

»Egal, ob Huhn oder Truhn – ihr stört mich beide! Verstanden? Beide! Also verschwindet!!«

»Ich geh erst weg, wenn ich weiß, wo mein Opodeldokdeldok geblieben ist.«

»Opodeldok?«, knurrte der dunkle Kerl erstaunt. »Bei meiner silbernen Nasenspitze, siehst du nicht, dass der Opodeldok vor dir steht? In voller Lebensgröße, Silbererz und Feuerstrahl! Hast du Körner auf den Truhnaugen? Und nun verschwinde!« »Du, ein Opodeldok?«, kreischte da Helene. »Nie im Leben bist du …« Doch da blieb ihr das Kreischen im Halse stecken,

denn auf die Lichtung hüpften knarzend und rasselnd die beiden Holzroboter.

Helene startete mit einer Geschwindigkeit, die man der alten Henne gar nicht zugetraut hätte. Fast so schnell wie ein Grashüpfer war sie in der Luft und flügelflatternd im Wald verschwunden.

Die Hupfkisten kamen auf den silbernasigen Opodeldok zu.

»Warum kommt ihr ohne Holz zurück, ihr Holzköpfe?«, fuhr er sie an, doch schon ließen sie Helenes Silberei vor seine Füße rollen.

Der Silberdeldok war völlig verblüfft. »Wo habt ihr das her?«, fragte er. Seine Augen bekamen einen wilden Glanz. »Das ist Silber, gutes Silber, das muss hinauf in meine Silbersammlung.«
Die beiden Hupfkisten begannen nun aufgeregt zu schnattern und zu quieken und zu dröhnen. Der Silberdeldok verstand ihre Sprache wohl ganz genau, denn er schüttelte langsam seinen Kopf, schlug sich mit der schwarzen Hand gegen die schwarze Stirn und stampfte, als die beiden Kisten ausgeredet hatten, wie ein wild gewordener Presslufthammer auf den Boden.

»Oh, ich Super-Hohlhirn-Hornochse!«, schrie er mit fürchterlicher Stimme. »Das war dieses Kuhn! Das Kuhn also kann silberne Eier legen! Und ich selber hab es wieder weggescheucht. Oh, ich dreimaliger Idiot! Da, da ist es hingeflattert. Geht los und fangt mir diesen Vogel! Und wenn ihr Tag und Nacht unterwegs sein müsst, verstanden? Und wehe, ihr kommt ohne dieses – äh – Bruhn! Dann baue ich euch um, zu Schuhschränkchen!«
Eilig und – wie man hätte meinen können – auch ein wenig be-

leidig hopsten die Kisten davon. Sie machten ein Geräusch, als wenn eine Dose voll rostiger Nägel – na, ihr wisst ja schon …

An diesem Tag herrschte eine Unruhe und Aufregung im Waldland wie nie zuvor. Die Waldleute hatten inzwischen einen neuen Schlafbaum gefunden. Er war nicht so schön und groß wie der vorherige, aber immer noch angenehm genug. Sie lagen nicht wie sonst in ihren Hängematten und dösten oder machten Musik, nein, sie hatten sich etwas ausgedacht, was sie und den Baum vor einem neuen Angriff durch die Hupfkisten schützen sollte.

Sie spannten dichte, dicke Lianennetze um den ganzen Baum. Die Idee kam von Mogli-Opa und war eigentlich ein Missverständnis. Mogli-Mama hatte etwas von »mal bisschen hinsetzen« gesagt und Mogli-Opa hatte »Netz« verstanden und Mogli-Papa fand das gar nicht so schlecht, und so waren sie dann eifrig beim »Netzesetzen«.

Die Hupfkisten durchhopsten derweil das ganze Waldland auf der Jagd nach dem weißen Pluhn, Verzeihung, Huhn.

Helene war allerdings schlauer als sie, versteckte sich mal oben in den Bäumen, mal unten im Gestrüpp, ließ ihre Verfolger vorbeirasseln und schlug so lange Haken, bis das Hupfkistengeräusch immer rostiger und lahmer klang und schließlich von der Tiefe des Waldes verschluckt wurde.

Helene begann verzweifelt nach Deldok zu suchen, streckte den Kopf in jeden Busch und Strauch, aber sie fand keine Spur von ihrem Freund.

# Eulalia und Fleda

Natürlich hatte auch Deldok nach seiner Henne gesucht, den ganzen Tag über. Er war genauso verzweifelt.

Inzwischen war es Abend geworden. Es wurde schon ein bisschen dämmerig im Wald. Und Deldok musste sich mit dem Gedanken anfreunden, dass er zum ersten Mal in seinem Leben nicht in der Opodeldok-Höhle schlafen würde …

Alles war so anders hier. Laut sagte er zu sich: »Wenn ich nur wüsste, was die Leute gegen mich haben, ich habe ihnen doch gar nichts getan!«

Aus den Zweigen über Deldok kam ein unheimlicher Ruf: »Uhuuu, Uhuuu, Uhuuuu!«

Deldok erschrak. »Bist du das, Helene?«, rief er.

Ein Kichern antwortete ihm von oben.

Deldok spürte, wie ihm die Knie zitterten. »Hallo, wer ist da?«, rief er ängstlich.

Die dunkle Stimme antwortete ihm: »Einen schönen guten Morgen!«

»Guten Morgen?«, fragte Deldok verdutzt. Jetzt konnte er einen großen braun gefleckten Vogel mit kreisrunden Augen im Geäst erkennen. Und daneben hing ein Tier am Ast, halb so groß wie ein Vogel und mit dem Kopf nach unten.

Dieses unscheinbare Wesen sagte mit einer merkwürdigen dünnen Stimme, die zart und rau zugleich war: »Ja, guten Morgen! Wir sind nämlich soeben aufgestanden.«

Der große Vogel fügte hinzu: »Wie es sich für anständige Vögel gehört.«

Und gemeinsam sagten sie: »Abendstund hat Gold im Mund.«

»Obwohl ich ja kein Vogel bin«, betonte das Hängekopftier.

Deldok hatte keine Angst mehr. Die beiden waren bestimmt nicht gefährlich. »Ich heiße Deldok und ihr?«

»Ach, was für ein süßer Name«, rief der große Vogel. »Dies ist meine beste Freundin, die Fledermaus Fleda.«

»Und dies ist meine beste Freundin, die Eule Eulalia«, sagte Fleda. »Aber was suchst du hier im Wald? Wir haben dich noch nie gesehen.«

»Ich suche ein Huhn, meine Freundin, die Henne Helene.«

Deldok merkte, dass die zwei mit dem Namen »Huhn« nichts anfangen konnten. Er erklärte ihnen: »Ein Huhn ist ein Tier mit zwei Beinen, das fliegen kann.«

Eulalia war geschmeichelt. »Hast du gehört, Fleda?«, sagte sie. »Er sucht mich! Ist das nicht süüüüüß?«

»Vielleicht meint er auch mich, Eulalia?«

»Nein, nein«, sagte Deldok. »Ein Huhn sieht doch anders aus als ihr. Es hat einen Kamm auf dem Kopf und ist viel größer.«

»Einen Kamm wie ein Friseur?«, fragten die beiden wieder.

»Nein, nein. Doch nicht einen Kamm zum Kämmen. Der heißt nur so. Auf dem Kopf hat das Huhn so einen roten Lappen. Und unter dem Schnabel auch zwei.«

»Ach, das meinst du«, sagte Eulalia.

»Das Tier kennen wir«, rief Fleda. »Das schaut dahinten am Berg aus einem Loch, nur hundert Schritte weiter. Wahrscheinlich ist es wieder …«

»Besoffen«, ergänzte Eulalia angewidert.

»Ja, leider völlig blau«, sagte Fleda.

»Dann kann es nicht Helene sein«, sagte Deldok. »Mein Huhn ist nicht blau. Es hat ganz weiße Federn, es …«

»Doch nicht *so* blau!«, unterbrach ihn Eulalia.

»Es hat was getrunken«, erklärte Fleda.

Deldok war verwirrt.

»Getrunken?«, fragte er. »Warum sollte Helene denn nichts trinken?«

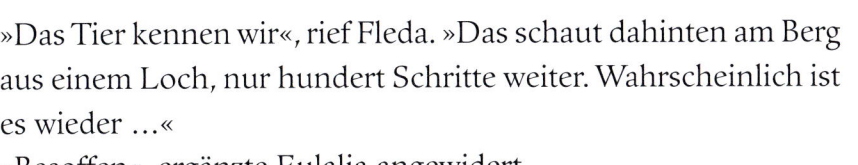

»Du verstehst nicht«, sagte Eulalia geduldig. »Es hat was Falsches getrunken …«

»… und hat zu viel davon getrunken«, ergänzte Fleda.

»Ist – ist es nun krank?«, fragte Deldok aufgeregt.

»Ja, so kann man es nennen«, sagte Eulalia und nickte.

Arme Helene, dachte Deldok. Wahrscheinlich ist sie krank vor Kummer, weil sie mich nicht findet. Ich muss gleich zu ihr!

»Vielen Dank, Eulalia und Fleda, dass ihr mir geholfen habt. Und guten Abend«, rief er und rannte los.

»Guten Morgen, guten Morgen!«, riefen ihm die beiden nach, als er schon in der angezeigten Richtung verschwunden war.

Dann blickten sie sich an, so gut eben eine sitzende Eule eine hängende Fledermaus angucken kann, und sagten im Chor: »Wirklich ein sehr höflicher …« Hier stockten beide. Fleda fragte: »Wie war doch gleich sein Name?«

»Das wollte ich dich gerade fragen«, sagte Eulalia.

»Na ja. Jedenfalls war er ungewöhnlich wohlerzogen«, lobte Fleda.

Und Eulalia nickte zustimmend.

# Ein Untier

Deldok trat aus dem Wald und schaute sich nach allen Seiten um. Vor ihm ragten die Waldlandberge auf. Sie stiegen genauso steil an wie auf der anderen Seite die Graslandberge.

Im Grasland gab es allerdings eine Stelle, wo sich ein sanft ansteigender Felshügel so an die Steilwände schmiegte, dass Deldok ohne Mühe ein paar Meter nach oben klettern konnte. Das war der Hügel, in dem sich die Opodeldok-Höhle befand.

Und dann entdeckte Deldok, dass es hier, im Waldland, eine ähnliche Stelle gab: eine kleine Anhöhe, die langsam in die Steilwand überging. Es sah fast so aus wie zu Hause. Nur, dass hier Büsche und kleine Bäume auf dem Abhang wuchsen und kaum Gras.

Deldok rannte darauf zu.

Er fand zwar keinen Höhleneingang, aber er entdeckte, dass sich zwei große, runde Löcher in der Schräge befanden. Eines unten, fast am Fuß des Abhangs. Das andre genau darüber, mindestens sieben Hühnerlängen weiter oben.

Deldok stieg ein paar Schritte hinauf zum ersten Loch. Links und rechts von den beiden Löchern standen dichte, undurchdringliche Büsche. Aber dazwischen gab es einen schmalen Streifen, auf dem nur kurzes Gras wuchs.

»Helene?«, rief Deldok und beugte sich über das Loch. Es war so dunkel darin, dass er nichts erkennen konnte.

Er kletterte auf dem Grasstreifen weiter zum zweiten Loch. Es war genauso dunkel da unten.

»Helene!«, rief er noch einmal. »Helene, bist du da drinnen?«

Er wollte schon wieder nach unten steigen, als plötzlich der riesige Kopf eines Vogels aus dem Loch auftauchte. »Wasislos hier?«, kreischte der Kopf. Und obwohl Deldok noch nie in seinem Leben einen Gockel gesehen hatte, war ihm sofort klar, dass es sich bei dem Vogel nur um ein männliches Huhn handeln konnte.

Der Gockel schrie: »Kommher, wennuwaswills! Dir geb ich's! Hierkommtkeinerrein, keiner!«

Der Gockel versuchte mit seinem Riesenschnabel nach Deldok zu hacken. Doch passten offenbar nur sein Kopf und der Hals durch das Loch und nicht sein Körper. Deldok wich einen Schritt zurück und war damit in Sicherheit.

Blitzartig, wie er aufgetaucht war, verschwand der Kopf wieder im Loch. Deldok kletterte die Anhöhe hinunter. Der große Gockel war ihm unheimlich, er wollte schnell aus seiner Nähe verschwinden.

Doch als er gerade am unteren Loch vorbeiwollte, schoss der Gockelkopf da heraus und zeterte weiter: »Kommher, dir reiß ich alle Federn einzeln aus! Kommher! Kraaaah! Trausdichnich! Trausdichnich!«

Deldok kletterte wieder ein
Stückchen den Hang hinauf.
Der Gockel versuchte ein trium-
phales Krähen, aber es gelang ihm
nur ein »Kikerihicks … Kikerikiihup!«.
Schließlich legte der Gockel seinen Kopf
auf den Rand des Loches und schlief sofort ein.
Deldok saß in der Falle. Weiter oben gab
es nur das zweite Loch und dann
die steile Bergwand. Unter ihm,
in der Mitte des schmalen
Grasstreifens, war das
Loch, aus dem der
Gockelkopf
schaute.

Seitlich standen dichte, undurchdringliche Büsche. Dahin konnte er nicht ausweichen. Schon gar nicht jetzt, wo es immer dunkler wurde und kaum noch etwas zu erkennen war.

Ein schräg gewachsener Baumstamm ragte am Rand der Büsche aus dem Felsen, in sicherer Entfernung von den beiden Löchern.

Deldok machte es sich darauf bequem, so gut es ging. Er stopfte sich ein bisschen Moos unter den Rücken und starrte in den dunklen Himmel.

Er hatte etwas, was er bis dahin noch nicht gekannt hatte: Heimweh nach dem Grasland.

Und Hunger auf getrocknete Spiegeleier und Sehnsucht nach Helene. Aber außerdem war er – glücklicherweise – todmüde von all den Strapazen und Aufregungen.

Und noch ehe der Mond über dem Waldland aufging, war Deldok eingeschlafen.

# Opa denkt nach

Wie aber sah es inzwischen im Grasland aus? Nach Deldoks und Helenes Abflug herrschte dort ein heilloses Durcheinander. Nichts klappte mehr, alles ging drunter und drüber. Zunächst wollte der Opozähldok beweisen, dass er mit Hühnern und Eiern viel besser zurechtkam als Deldok. (Das ist ja öfter so, dass Leute, die gut rechnen können, auch meinen, sie könnten sonst alles am besten.)

Deshalb hängte er allen Hühnern ein Schild um, mit einer Zahl drauf, in Zahlen war er ja sowieso vernarrt. Dann rief er: »Nummer eins bis fünf!«, und hoffte, jetzt würden die Hühner mit den Zahlen eins bis fünf in die Legekörbe steigen und ihre Eier legen. Dann sollten die Nummern sechs bis zehn drankommen und so weiter, das kann sich ja jeder vorstellen.

Nun ist es aber so, dass sich Hühner einen feuchten Hühnerdreck um Zahlen kümmern. Schließlich können ja die wenigsten lesen! Außerdem: Ein Ei kommt, wenn es will, und richtet sich nicht nach der Nummer seines Huhnes. Zu allem Unglück fehlte natürlich Helene, die immer fabelhaft zwischen Hennen und Opodeldoks gedolmetscht hatte.

Die Hühner jedenfalls kümmerten sich keinen Deut um des Opozähldoks Wünsche, im Gegenteil, sie wurden durch die Zählerei immer nervöser und flatterten herum, als hätten sie

Juckpulver unter den Flügeln. Manche drängten sich
zu viert gleichzeitig auf ein Nest, andere legten ihr Ei
wie früher in die Wiese oder gar in den Teich, und eine
Henne legte ihr Ei sogar aufs Wohnhöhlendach, von wo
das Ei natürlich sofort herunterrollte und auf dem Stein-
bank-Stammplatz des Oberdeldoks zerplatzte.

»Hühnerfraß und Federdreck!«, schrie da der Oberdeldok.

»Nein! Ich halt's nicht mehr aus. Ich-halt-das-nicht-mehr-
aus!«, jammerte der Opozähldok. »Wozu hab ich denn
die Nummern ausgeteilt? Nummer fünf und
acht, sofort aus dem Nest, marsch!
Erst kommt Nummer zwei!
Zwei, nicht acht!! Nein,
nein, nein! Wo ist
Nummer vier???«

Die Hennen gackerten immer aufgeregter durcheinander, von den Felswänden um das Grasland gackerte das Echo zurück. Omadeldok hielt sich mit beiden Händen die Ohren zu, wobei ihr der Korb mit den frisch getrockneten Spiegeleiern vom Schoß rutschte.

Opadeldok rief ein ums andere Mal: »Früher war alles schlechter!« Aber er glaubte im Augenblick wohl nicht so recht an seinen Lieblingsspruch.

Beim Mittagessen wurde die Stimmung noch mieser – wenn dies überhaupt möglich war.

»Sollen das etwa Spiegeleier sein?«, knurrte der Oberdeldok.

»Nein, Rühreier«, sagte der Opozähldok gekränkt. »Die Spiegeleier-Bratanlage hat nicht funktioniert.«

»So? Nicht funktioniert! – Das sind keine Rühreier, das sind Schuhsohlen!!«

Der Opozähldok putzte sich eine Träne von der Brille.

»Und warum bekomme ich nur ein Ei und nicht drei???«, fragte der Oberdeldok weiter.

»Das Eierlegen hat nicht richtig funktioniert«, sagte der Opozähldok.

»Das habe ich bemerkt, Hühnerdreck und Feder…!«, rief der Oberdeldok. »Funktioniert denn gar nichts mehr in diesem Land, seitdem Deldok weg ist?«

»Früher war alles …«, wollte Opadeldok hinzufügen, aber »Ruhe!« brüllte der Oberdeldok. »Kann man denn nicht mal ausreden hier?«

Und dann sagte er lange, lange nichts mehr, sondern stocherte lustlos in seinen Schuhsohlen, will sagen, seinem Rührei herum. Und die anderen taten dasselbe.

Omadeldok seufzte: »Ach, der arme Junge! Wo er nur sein mag?«

Opadeldok antwortete: »Keine Angst, der kommt schon wiedergeflogen, früher oder später. Früher war alles …«

»Wenn er sich alles angeschaut hat«, unterbrach ihn der Opozähldok, »kommt er bestimmt zurück.«

»Und wenn er den Weg nicht mehr findet?« Omadeldok war sehr besorgt. »Armer kleiner Deldok! Ich finde, wir müssen ihn holen«, sagte sie dann. »Wir müssen über die Berge.«

Niemand antwortete. Opa warf plötzlich in einem Anfall von Ekel den Rest seines Schuhsohlenrühreies weit in die Wiese hinein. »Berge!«, schimpfte er. »Wenn ich das schon höre!!«

Der Oberdeldok nickte und stimmte dann Omadeldok zu: »Einer muss fliegen, wie Deldok, mein Sohn.«

»Ich nicht, ich bin zu alt«, rief Opadeldok sofort und auch Omadeldok war sichtlich erschrocken. »Omas fliegen nicht«, sagte sie fest.

»Mir wird zu leicht schwindlig!«, rief der Opozähldok und der Oberdeldok stellte bedauernd fest: »Ich bin zu schwer fürs Fliegen.«

Während die Opodeldoks noch redeten, flatterten zwei Hennen heran, landeten mitten auf dem Steintisch und pickten seelenruhig in den Essensresten herum. Der Oberdeldok wurde innerhalb von zweieinhalb Sekunden erst schweinchenrosa, dann erdbeergeleefarben und dann tomatendunkelrot im Gesicht. Er schlug mit der flachen Hand heftig auf den Tisch und traf seinen Teller dabei, der in kleine Scherben zersprang. Die Hühner stoben mit lautem Gegacker davon.

»Auau, auauau!«, jammerte er dann, denn die Steinplatte war doch härter als seine Opodeldok-Hand gewesen …

Ja, und nun war es wieder still zwischen den Opodeldoks. (Der Opozähldok hatte leider vergessen mitzuzählen, die wievielte Gesprächspause das heute schon war.)

Bis Opadeldok aufstand, alle der Reihe nach anstarrte, als hätten sie plötzlich grüne Punkte im Gesicht, sich einmal um sich selber drehte und wieder auf seinem Steinsitz Platz nahm. Dann sagte er ganz leise: »Es gab mal 'ne Möglichkeit. Da war mal was, ganz früher. Ich weiß es genau, da war mal was. Irgendwas!«

»Ja? – Was denn? – Erzähl schon!«, riefen alle durcheinander.

»Ich hab's vergessen.«

»Dann erinnere dich doch mal! – Versuch's doch! – Denk halt nach!«

»Redet nicht ständig dazwischen, ich muss nachdenken!«

»Hiermit bitte ich mir aus …«, begann der Oberdeldok, aber diesmal unterbrach ihn Opadeldok: »Ruhe, sonst fällt mir nichts ein! – Nachdenken ist schwierig!«

»Ja doch«, sagte der Oberdeldok etwas kleinlaut. »Ich wollte doch nur sagen: Hiermit bitte ich mir aus, dass niemand den Opadeldok beim Nachdenken stört. Niemand! Auch ich nicht!«

»Ruhe!«, rief der Opadeldok noch einmal. »Sehr schwierig ist Nachdenken, ganz schwierig!«

Sieben Stunden und siebzehn Minuten saß der Opadeldok dann auf seinem Steinsitz, rührte sich nicht und dachte.

Ab und zu knurrte er: »Da war mal was, ganz früher. – Früher war alles schlechter! Aber da gab's was, jawoll!«

Die andern wagten nicht mal, sich zu räuspern, auch vom Abendessen traute sich keiner zu sprechen, als schließlich die Dämmerung übers Grasland sank. Leise und hungrig schlichen sie endlich in die Schlafhöhle, während der Opadeldok den aufgehenden Mond anstarrte und dachte und dachte und dachte …

# Ein männliches Huhn

Als im Waldland die Waldvögel kurz vor Sonnenaufgang anfingen zu lärmen, wurde Deldok wach. Der Rücken tat ihm weh und die Beine waren ganz steif. Erst nach einigen Augenblicken wusste er wieder, wo er war. Voller Wehmut dachte er an die vielen warmen, bunten, weichen Schlafkissen in der Opodeldok-Höhle zu Hause.

Steil ragte die Bergwand über ihm auf. Unterhalb von Deldoks Schlafplatz guckte noch immer der Kopf des Gockels aus dem Loch. Offensichtlich schlief der Kopf. Und vermutlich auch das, was zu dem Kopf gehörte.

Mit dem neuen Tag waren Deldoks Lebensgeister wieder erwacht. Ich muss hier weg, dachte er. Vor allem muss ich Helene wiederfinden.

Er beschloss, leise und vorsichtig an dem angriffslustigen Tier vorbeizuschleichen. Behutsam setzte er Fuß vor Fuß, doch gerade als er neben dem Gockelkopf war, ließ ein fernes, dumpfes Geräusch den Wald erzittern. Über den Wipfeln der Bäume schoss eine dunkle Rauchsäule in den Himmel. Deldok drehte sich erschrocken um. Und ihm fiel ein, dass er so einen Rauch schon einmal gesehen hatte, drüben im Grasland, hinter den Bergen. Zusammen mit Helene.

In diesem Moment ertönte neben ihm die knarzige Stimme des

Gockels: »Unverschämter Lärm! Hat wohl seinen Ofen mal wieder überheizt, der alte Rußkerl.«

Sofort sprang Deldok wieder zurück zwischen die beiden Löcher.

Der Hahn gähnte so gewaltig, dass es ihm die beiden Schnabelhälften fast auseinandergerissen hätte. Dann schüttelte er sich, dass ein paar Federn davonstoben (auch eine rote war dabei!), drehte den Kopf nach allen Seiten und jammerte: »Au! Oh! Aua, ich hab's geahnt! Hab's geahnt …«

Seltsam, jetzt klang der Riesengockel gar nicht mehr sehr wild und furchterregend. Ausgesprochen weinerlich krächzte er vor sich hin: »Ich hab's geahnt: Kopfweh, Kopfweh! – Sobald ich morgens aufsteh … Nein, nicht gut. Sobald ich das Licht seh – oh, aua! Aua! Sobald ich meinen Kopf dreh, beginnt bei mir das Kopfweh.«

Jetzt grinste der Gockel sogar (Deldok als Hühnerfachmann konnte das erkennen) und krächzte: »Gut, hägä, göttlich! Das ist echte Dichtung. – Jaaaaaaaa, wer ist denn da?«

Er musterte Deldok aufmerksam.

»Besuch? Hurra! Schau, schau, schau, aua!«

Deldok wusste nicht genau, wie er die unerwartete Freundlichkeit dieses seltsamen Vogels einschätzen sollte.

»Ich will ja nicht stören, ich muss gleich …«, begann Deldok.

Der Gockel verdrehte die Augen. »Stören? Was muss ich da hören, hägähähä! Wann hat man schon mal Besuch? Besuch genuch? Noch dazu am Morgen, am frühen, wenn die Berge glühen, hähägägä! – Schön formuliert, ja? Geben Sie's zu im Nu? Ja, ich gestehe, dass ich was verstehe vom Dichten, vom schlichten. Und wer gibt mir die Ehre, die hehre??«

»Wie bitte?« Deldok war ziemlich verdattert über diesen dichterischen Überfall.

»Ob wir uns kennen? Kennen können, können kennen?«

»Nein, das heißt, gestern Abend …«, fing Deldok an.

»Gestern Abend? Erquickend und labend, hähähä, aua!«

Der Hahn sah plötzlich wieder ziemlich zerzaust und mitgenommen aus. »Ich muss mal ein Schlückchen trinken«, sagte er, so als wäre Deldok seit Jahren sein bester Freund. »Du verstehst, Kumpel?«

Sein Kopf verschwand blitzschnell im Loch, dann hörte man ein glucksendes Geräusch und schon war der Kopf wieder da.

»Der Durst, der Durst!«, rief er und guckte kläglich in die Gegend.

Deldok setzte sich neben dem Loch ins Gras, der komische Vogel interessierte ihn immer mehr. »Sie sind aber ein großes Huhn! Ich habe noch nie so ein schönes, großes, buntes Huhn …«

Da wurde der Gockel aber ärgerlich! »Huhn?«, schrie er. »HUHN?? Also, das ist eine Frechheit, das hat mir noch nie einer gesagt, noch nie! Nehmen Sie das sofort zurück! Auf solchen Besuch kann ich verzichten. Verzichten! Huhn? Frechheit!! Ich bin ein Hahn, ein Hahn!! Und was für einer!!!«

»Entschuldigung, wenn ich was Falsches gesagt habe. Weil Sie doch so ähnlich aussehen wie Helene …«

Der Hahn zuckte bei dem Namen zusammen: »Helene? Was ist Helene??«

»Eine Henne, die mit mir …«

»Eine HENNE?« Dem Hahn fielen fast die Augen aus dem Kopf. »Sagten Sie, Henne? So ein richtiges Huhn? Sie kennen eine Henne??«

»Sogar viele!«

»Viele Hennen?!« Jetzt überschlug sich die Stimme des Gockels. Er legte seinen Kopf in den Nacken und schwärmte: »Hennen … Wissen Sie, seit wann ich keine Henne mehr gesehen habe?! Seit achtundvierzig Jahren oder zweiundsiebzig … Mindestens hundertvier!!!« Wieder mal verschwand er, um zu trinken,

und tauchte wieder auf. »Kein Huhn von einer Henne!«, sagte er kläglich. »Schrecklich, nicht wahr? Das ist einfach un… un… unhahnenhaft, unhähnlich, jawoll!«

»Können Sie denn nicht da raus?«, fragte Deldok. Langsam bekam er Mitleid mit dem Gockel, den er gestern Abend noch für ziemlich gefährlich gehalten hatte.

»Nein«, sagte der nun ganz leise, »kann ich nicht.«

Er redete sich allmählich in ein Schluchzen hinein.

»Früher ja, da war ich schlanker. Aber jetzt seh, siehen – äh – Sie, seh … sehh … du siehst es ja selbst: Ich passe nicht mehr durch. Entschuldigung, ich muss ein Schlückchen … Wollst … Willst du auch mal? Selbst gebraut, aus guten Körnern!«

Deldok schüttelte den Kopf.

»Nein? Dann eben nicht. – Schon achtundsechzig Jahre stecke ich hier drinnen oder zweiundfünfzig. Mindestens huhu-hun-dertelf.«

»Haben Sie denn genug zu essen da drin?«

Der Hahn wurde wieder lauter: »Mehr als genug, aber viel! Dabei nicht wenig! Aber einseitig!! Immer dasselbe und manchmal das Gleiche, jahähähägg … Erzählen Sie mir …« Jetzt rutschte der Kopf förmlich auf Deldok zu. »Erzähl mir doch ein bisschen wenig von Irene!«

»Von Helene?«

»Ganz recht, aber richtig, von Marlene. Wie sieht sie denn aus, häh? Hat sie schöne Fledern – äh – Federn? Schön, aber hübsch, hä?«

Und auf einmal begann der Hahn auch noch zu singen:

»Oh, Marleee-ne!
Du hast so scheeeene,
du hast so wunderscheeeene
Federn am Po.
Oh, Marleeeeeeene,
darum lieb ich dich so …«

Deldok hörte staunend zu. Männliche Hühner sind wirklich
seltsame Wesen, dachte er. Der grölende, dicke Gockel, der da in
seiner Höhle voller Körner ein langweilig-trauriges Leben füh-
ren musste und deshalb so wunderlich geworden war, tat ihm
leid.
Und er beschloss, ihm zu helfen.

# Henne im Netz

Helene hatte eine fürchterliche Nacht hinter sich. Als es dunkel geworden war, hatte sie die Suche nach Deldok aufgegeben und sich in einer Astgabel im dichten Blattwerk versteckt.

Aber natürlich konnte sie nicht schlafen. Sie dachte an Deldok und ans Grasland und mit der Kühle der Nacht kroch auch Angst in ihr Hühnerherz. Zumal, wenn ab und zu eine Eule schrie oder unbekannte Tiere durch den Wald strichen und Laute ausstießen, die sie noch nie zuvor gehört hatte.

Lange vor Sonnenaufgang war sie schon wieder unterwegs und rief ab und zu leise »Deldok! Deldokchen!« in den Wald. Laut zu rufen, traute sie sich nicht, weil sie Angst hatte, die Hupfkisten könnten sie hören. Außerdem hatte sie schon viel von ihrem Mut verloren. Mit einem Mal drangen wunderschöne Klänge an ihr Ohr, zarte, liebliche Töne, als ob ein sanfter Wind durch aufgespannte Saiten striche … Die Klänge kamen Helene bekannt vor. Hatte nicht der Mann gestern, kurz nach der Landung, Drähte zwischen die Bäume gespannt, die genau so tönten?

Richtig. Das waren freundliche Leute gewesen, die würden ihr sicher nichts Böses tun. Zudem hatte sie dort ihren Deldok verloren. Er musste bei diesen Waldleuten sein. Wo denn sonst?!

97

Helene fegte, wie von einem Magneten gezogen, auf diese Klänge zu.

»Deldok«, rief sie jetzt laut. »Deldok, hab ich dich wieder, wieder? Gagagaag!«

Das da musste der Baum mit den Saiten sein. Ja, dahinter sah sie auch schon die Hängematten der Waldleute schaukeln. Blind vor Freude flatterte die alte Henne darauf zu – und mitten hinein in die Lianennetze, die vor den Hupfkisten schützen sollten.

Vor Schreck drehte sich Helene um sich selbst, schlug heftig mit den Flügeln, rüttelte und zappelte und wackelte und gackerte und verfing sich umso enger in dem Netz. »Hilfe!«, schrie sie. »Hiiiilfe, was ist da, ist da? Was hääält mich da fest?! Deeeeldok! – Ich bin gefangen, gefangen. – Deeeldok! Das ist … Hilfe! Gaga … gagaaa … das ist … gagagagaaa … Hil-gäää! Hilfe! Gagagagagagagäääääääää!!«

Unter ihr rutschte ein silbernes Ei in das Netz.

Längst waren die Waldleute aus ihren Hängematten gehüpft, um dem zappelnden Huhn zu helfen. Aber wenn ein Huhn einmal in Panik ist, kann man ihm nur sehr schlecht beistehen. Jeder, der mal mit Hühnern zu tun hatte, wird das bestätigen.

So standen alle um Helene herum, die inzwischen einem Rollschinken ähnlicher sah als einem Huhn.

Und Mogla sagte: »Wer ist denn da in unser Netz gegangen?«

»Was sagst du?«, rief Mogli-Opa. »Wir haben einen Petz gefangen? Aber in

unserem Wald
gibt es doch gar keine
Bären, nur Beeren.«
Mogli-Papa machte sich bereits an
dem Netz zu schaffen. »Das ist kein Bär,
sondern ein großer weißer Vogel. Helft mir mal,
wir lassen ihn frei!«
»Ein Ei?«, rief der Mogli-Opa. »Ja, ein Ei. Schaut nur, der Vogel
hat ein Ei gelegt!«
»Tut uns leid, Vogel«, sagte Mogli-Mama bedauernd. »Das Netz
war für jemand anderen gedacht. Gleich bist du draußen!«
Aber von wegen! Auch zu viert kriegten sie das Netz nicht lo-
ckerer. Helene geriet noch mehr in Aufregung und schrie: »Hilfe,
ich bin gefangen, gefangen! Lasst mich doch endlich raus! Wo
ist mein Deldok?!?«

In diesem Augenblick kam aus dem Wald ein scheußliches Geräusch näher …

»Sie kommen, sie kommen!«, riefen die Waldleute angst-
erfüllt und retteten sich in die Büsche.

Nur Mogla versuchte immer noch, Helene zu befreien. Aber
Mogli-Papa tauchte aus dem Dickicht auf und zog Mogla mit
sich ins Versteck.

Und schon waren die Hupfroboter da. Helene blieb das Gackern
im Halse stecken.

»Schnarrknarrztüüütatakrrr«, sprach das erste Kistenmonster
und blickte blinkend das gefangene Huhn an.

»Knirrknirrüdidididididiknoich«, sprach die zweite Kiste und
schob ihre Greifarme aus.

Schon schnitten sie mit ihren Sägearmen einfach alles ab, was
über, neben oder unter Helene und ihrem Silberei war. Die En-
den des Netzes wickelten sie um ihre Tragarme, knirschten sich

noch einige schadenfrohe Töne zu und hüpften davon.

Zwischen ihnen schaukelte das alte Grasland-huhn, als läge es in einer Hängematte in einem Schiff auf hoher See bei Windstärke acht.

Mogla tauchte aus den Büschen auf. »Wir müs-sen dem Vogel helfen!«, rief sie. »Schließlich sind wir schuld daran, dass die Kisten ihn fangen konnten.«

Jetzt erschien auch Mogli-Papa. »Die sind stärker als wir, das darfst du nicht verges-sen«, sagte er.

»Ja, essen!«, rief der Mogli-Opa. »Wahr-scheinlich wollen die den Vogel essen.«

»Wir müssen ihm helfen«, sagte Mogla entschlossen. »Wenn ihr nicht mithelft, tu ich's eben alleine!«

# Opadeldok hat's

Jaaa! Haaa! Ich hab's!«, brüllte Opadeldok so laut, wie er seit Opadeldok-Gedenken noch nie gebrüllt hatte.

Die anderen Opodeldoks fuhren aus dem Schlaf auf und kamen aus der Höhle gerannt.

»Du hast es? Was hast du?«, fragte der Oberdeldok verwirrt.

»Wir müssen sofort alle Eier aus der Vorratshöhle räumen!«, kommandierte Opadeldok. »Früher war alles schlechter, weil …« Opadeldok machte eine Pause und blinzelte die drei anderen listig an.

»Warum denn nur? Sag doch endlich! Wozu denn die Eier? Bist du mit dem Denken fertig? *Was* hast du?«, riefen alle durcheinander.

»Weil … Es geht untendurch«, sagte Opadeldok geheimnisvoll. »Nicht obendrüber. Untendurch, untendurch, untendurch! Das war früher. – Früher war alles schlechter!«

»So rede doch endlich wie ein Opodeldok!«, rief der Oberdeldok. »Klar und zusammenhängend und nicht zu schnell, damit man dich versteht, Hühnerdreck und Federfuß – äh – …fraß!«

Opadeldok richtete sich langsam von seinem Steinsitz auf. Man konnte richtig seine Gelenke knirschen hören. Das kam vom langen Denken, soll natürlich heißen, Sitzen. Dann machte er drei Kniebeugen, und als er merkte, dass die andern immer un-

ruhiger wurden, machte er noch zwei, auch wenn es ihm wehtat. Schließlich sagte er: »Hinter unserer Schlafhöhle ist unsere
Eiervorratshöhle!«

»Das weiß jeder«, knurrte der Oberdeldok.

»Soll ich nun was sagen oder nicht?«, fragte Opadeldok gekränkt.

»Ja, ja, ja!!«

»Also. Und hinter all den Eiern geht die Höhle weiter. Aber nicht
nur ein paar Meter. Nein, es gibt da einen Gang, einen ziemlich
langen Gang sogar. Einen langen, dunklen unterirdischen Gang.
Der führt unter den Bergen durch. Nach drüben!«

»Bei meinen dottergelben Bartspitzen! Und was ist ›drüben‹?«

»Weiß ich nicht mehr, da muss ich mich noch einmal hinsetzen
und nachdenken«, meinte Opadeldok. Aber das wollte nun keiner mehr.

Omadeldok sagte entschieden: »Hauptsache, wir finden unser
Deldokchen dort. Und bevor es darüber Streit gibt, wer geht: Wir
gehen alle! Alle zusammen!«

»Hör mal, Omadeldok!«, empörte sich der Oberdeldok. »Wer hat
hier eigentlich das Sagen? Bei meinen dottergelben Bartspitzen,
wir gehen untendurch. Und zwar alle. Und sofort. Das heißt:
sofort nach dem Frühstück.«

So frühstückten die Opodeldoks erst mal in aller Ruhe. Den
ganzen Vormittag über schafften sie dann die Eier aus der Vorratshöhle ins Freie und stapelten sie vor der Höhlenwand auf.
Gegen Mittag war das letzte Ei herausgebracht. Wo vorher eine
helle Wand aus Hunderten von Eiern gewesen war, starrte ihnen

nun in der Vorratshöhle ein riesiges, kohlrabenschwarzes Loch entgegen.

»Es ist ziemlich dunkel dahinten«, sagte der Opozähldok. »Müssen wir wirklich da hinein? Vielleicht ist da gar kein Gang, vielleicht geht nur die Höhle ein paar Meter weiter und hört dann auf …«

»Das werden wir gleich feststellen«, sagte der Oberdeldok.

»Wir nehmen natürlich Verpflegung mit für die lange Reise.«

Er fing gleich an, sich getrocknete Spiegeleier um den Bauch zu binden.

»Vielleicht sollten wir auch ein paar Lichter mitnehmen«, schlug Omadeldok vor.

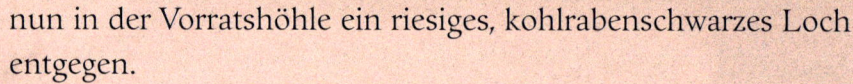

»Wollte ich eben sagen«,
knurrte der Oberdeldok.
»Nehmt ein paar Eier-
funzeln mit!«
»Ein paar?«, fragte der
Opozähldok. »Wie viele
genau, bitte schön?«
»Neunundzwanzig!«, rief der Oberdeldok laut.
»Aber wir haben doch nur noch vier«, warf Omadeldok
ein.
»Dann eben vier! Hühnerdreck und Federfraß, wann geht
es endlich los?«, rief der Oberdeldok ungeduldig. »Je früher
wir losgehen …«
»Früher? Früher war alles schlechter!« Das war natürlich
Opadeldok.

Und wenn nicht Omadeldok einfach eine Eierfunzel angezündet hätte und vorangegangen wäre, hätten die Opodeldoks bestimmt noch bis zum Nachmittag vor dem Eingang des unterirdischen Ganges gestanden!

Im Waldland starrte unterdessen mit glasigen Augen der Gockel Deldok an und lallte: »Du bist also ein Huhn und heißt – Irene, ja?«

»Aber nein«, sagte Deldok.

»'tschulligung: Helene!«

»Ich heiße Deldok. Ich bin kein Huhn – ich …«

Da stutzte der Hahn für einen Moment. »Deldok? Deeldook? Dasissein – komischer Name für ein Huhn.«

»Ich bin kein Huhn!«, rief Deldok aufgebracht. »Ich heiße Deldok und bin ein Opodeldok. O-po-del-dok!«

Mit einem Mal sträubten sich die Nackenfedern des Gockels, seine trüben Augen blitzten und er kreischte los: »O-po-del-dok? Wo-wo-wowowo?!? Wo ist der Opodeldok, wo? Soll her-komm! Hier geht keinerrein, keinerrein! Kein Opodeldok nicht, niemalsnein! Kommer, kommer, kommer, wenn du dich traus! Dir reiß ich alle Federn einzeln aus. Kraaaaäääääääääääääh!«

Deldok wunderte sich. Warum war der Hahn genauso aufgebracht wie vorher die Waldleute, als er den Namen Opodeldok hörte? Das musste Deldok herausbekommen!

# Silbernase gackert

Der Silberdeldok kam strahlend aus seinem Haus. (Soweit solch ein rußiger Typ überhaupt strahlen kann.)

»Naaaa? Was bekomme ich denn gebracht? Gut verpackt im Einkaufsnetz, wie? Hähähähähä!«, frohlockte er, als die Hupfkisten mit Helene anknarzten und sie ihm vor die Füße warfen.

»Ein weißes Truhn, wer hätte das gedacht!«

Seine Nase funkelte wie ein Edelstein im Kohlenkeller.

Helene hatte sich trotz Angst und Schaukelei inzwischen gefasst. Beleidigt gackerte sie: »Truhn? Ich verbitte mir das, gagagähh! Ich bin ein Huhn!«

»So schnell sieht man sich wieder«, sagte der Silberdeldok und grinste übers ganze rußige Gesicht. Die Kisten hüpften auf seinen Wink hin ein wenig zur Seite.

»Sag deinen komischen Holzhüpfern, sie sollen mich freilassen, freilassen, gack! Ich protestiere, protestiere!«

»So, so«, sagte der Silberdeldok und lachte laut auf. Er hatte nämlich das Silberei entdeckt. Nun leuchteten auch seine Augen, nicht nur die Nase.

»Ja, was ist denn das, bei meiner silbernen Nasenspitze? Das ist ja ein silbernes Ei!«, rief er. »Macht sofort das Netz auf, ihr zwei! – Nein, halt!«, schrie er die Kisten an. »Sperrt das Huhn erst in eure Garage! Damit es nicht wegfliegen kann!«

Die Kisten nahmen Helene wieder auf und hüpften in den Schuppen, der nun zum Hühnerstall wurde. Eine der Kisten zerschnitt das Netz, die andre schnappte sich das Silberei und trug es hinaus.

Gleich darauf schaute der Silberdeldok oben durch die Garagen-Stall-Tür.

»Das ist echtes Silber, bestes Silber, feinstes Silber, dein Ei da!«, schwärmte er geradezu. »Davon legst du mir sofort noch eins!«

Jetzt wusste Helene, dass *sie* im Vorteil war – schließlich wollte der Silberdeldok etwas von *ihr*!

»Ich denke nicht dran, denk nicht dran«, sagte sie ruhig.

»Was soll das heißen?! Wenn du nicht sofort ein Ei legst, dann siehst du Sterne, dann wirst du was erleben, Silbererz und Feuerstrahl!«

Helene ließ sich nicht einschüchtern.

»Ich kann nur legen, wenn ich frei bin, frei bin. Ich bin ein Freilandhuhn«, sagte sie bestimmt.

Der Silberdeldok schien nachzudenken. »Hm. – So … Na gut, komm heraus!«, sagte er. »Aber wehe, du versuchst wegzufliegen! Ich fang dich ein, bei meiner silbernen Nasenspitze, ich fang dich. Dann kannst du was erleben! Dann mach ich ein Suppenhuhn aus dir!«

»Schon gut, schon gut«, sagte Helene. Vermutlich hatte sie keine Ahnung, was das Wort »Suppenhuhn« bedeutete, im Grasland kam derlei schließlich nicht vor.

Zögernd öffnete der Silberdeldok die Tür und ließ die Henne frei.

Helene stolzierte nach draußen, guckte nach links, guckte nach rechts, trippelte dahin und trippelte dorthin.

»Na, worauf wartest du noch?«, rief der Silberdeldok.

»Man wird sich doch noch ein geeignetes Plätzchen suchen dürfen, oder? Das ist wichtig!!«, sagte Helene.

Sie entschloss sich für eine Stelle nahe bei Silberdeldoks Außenaufzug, hier war es wenigstens halbwegs sauber.

»Also, fang endlich an!«

Helene ließ sich Zeit, tat aber so, als wollte sie ein Ei herausdrücken. »Gaaa … gaga … gagaga … gah!«

»Na, was ist?!?«

»Ga.«

»Gaga! Geht's nicht ein bisschen schneller?«

»Schneller, schneller!«, äffte Helene ihn nach. »Das ist nicht so einfach, einfach. Ich kann nicht legen, wenn ich will, ich kann nur legen, wenn ich *muss*.«

»Dann streng dich an! Streng dich eben an!«, rief der Silberdeldok.

»Wenn ich Musik hätte, ging's schneller, ging's schneller«, sagte Helene.

»Musik? Soll ich dir vielleicht ein Orchester bestellen?«

»Dann geht's eben langsam … Gah. Gagaga … gack.«

Dem Silberdeldok kam eine Idee. Er wandte sich an die Hupfkisten, die ziemlich blöde herumstanden. »Los, macht Musik, Silbererz und Feuerstrahl! Musik sollt ihr machen, verstanden?! Spielt irgendwas!«

Die beiden Kisten schauten sich an und knarzten vor sich hin.

Dann begann die linke Kiste ein merkwürdiges Geräusch von sich zu geben. Es klang, als wollte eine Motorsäge »Hänschen klein« singen. Die zweite Kiste fiel ein und machte ein Geräusch, als spielte ein Küchenmixer Orgel.

Helene kreischte auf: »Gagagaaaack! Bei solcher Musik kann ich doch kein Ei legen, legen. Das zieht einem ja die Krallen raus!«

»Ruhe! Aufhören!!«, rief der Silberdeldok. »Ihr unbegabten Holzköpfe!!«

Die Kisten brachen ihre Kisten-Katzenmusik ab. Und der Silberdeldok sagte zu Helene: »So, unsere Musik hat dir also nicht gefallen? Dann muss es eben ohne Musik gehen. Na, wird's bald?!«

Helene deutete mit dem Flügel auf die Kisten. »Die stören mich.«

»Was soll das heißen?«

»Ich kann nicht legen … ga … ga … ich kann nicht legen, wenn die zugucken, gucken. Gack!«

Der Silberdeldok befahl zornig seinen Kisten: »Verschwindet hier! Geht zum Berg und baut Silbererz ab, verstanden?«

Die Kisten quietschten Zustimmung und hopsten davon.

»So, jetzt stört dich niemand mehr. – Jetzt wird gelegt!!«, knurrte der Silberdeldok.

Helene drückte wieder: »Gaaaa … ga … ga. Ga! – Jetzt weiß ich, was mich stört: Zu Hause sitze ich immer hoch beim Legen.«

Der Silberdeldok rollte die Augen. »Dann setz dich da drauf!« Er zeigte auf den Aufzug.

Helene flatterte hinauf. Der Silbernasige bediente einen Hebel, worauf sich der Aufzug ratternd nach oben in Bewegung setzte.

»Gut so, gack! Haaalt!«, rief Helene, als sie ein gutes Stück über dem Silberdeldok saß.

»Jetzt mach aber schnell! Langsam verlier ich die Geduld, bei meiner silbernen …«, rief der Silberdeldok.

»Gagagagagagagga … ga … ga.« Helene unterbrach schon wieder ihr Gackern.

»Was ist denn jetzt schon wieder falsch? – Was falsch ist, will ich wissen!?«, brüllte der Silberdeldok.

Helene antwortete überaus freundlich: »Ich weiß jetzt, was mir fehlt. Die andern Hühner, andern Hühner!«

»Ich hab keine andern Hühner, Silbererz und Feuerstrahl, das weißt du genau. Wenn du jetzt nicht sofort legst …«

»Gagaga. Es sind ja weniger die andern Hühner, es ist ihr Gackern, ihr Gackern. Das Gackern fehlt mir, das wirkt so anregend, anregend. Wenn alle Hühner gackern, dann …«

Der Silberdeldok war der Verzweiflung nahe. »Soll ich vielleicht gackern, was?«, schrie er.

Zuckersüß antwortete Helene: »Du? Gute Idee, Idee. Wenn du gackerst, geht's bestimmt, bestimmt.«

»Wofür hältst du mich, Silbererz und dreimal gelöschtes Feuer?!!«

Helene blieb ganz ruhig. »Dann dauert's eben länger, eben län-

ger! Ga …… ga ……… gaga. Gacka …………
………. gah …………………………… ga.«
Irgendwann verlor der Silberdeldok den
letzten Rest an Geduld.
»Na gut, also gut«, knurrte er.
»Dann gackere ich eben! Aber erzähl bloß niemandem weiter, dass
ich gegackert habe! Niemandem,
sonst mach ich doch noch ein
Suppenhuhn aus dir!«
Der Silberdeldok schaute sich
nach allen Seiten um, holte tief
Luft und begann: »Gack, gack,
gack, ga, gackgack, gagaaaah!« Er
machte dabei ein sehr dummes Gesicht!
»So doch nicht!«, unterbrach Helene ihn. »Du
musst schon richtig gackern, richtig gackern. Hör zu:
Gaaaa-gagagaga-gaga-gagaga-gäääääääää!«
Der Silberdeldok versuchte es. »Gaaaaa-gaga-
gagagagag-gäääää!«
»Schon besser, schon besser,
versuch's noch mal, ich
spüre, wie mein Ei ge-
legt werden will!«
Und folgsam gackerte
der Silberdeldok und
gackerte und gackerte

und dann gackerten beide gemeinsam, und Helene drückte und drückte und passte auf, dass sie auch ganz genau über dem Kopf des Silberdeldoks saß und PLATSCH – das war auch schon das Ei gewesen. Ein echtes nämlich und kein silbernes.

Mit einem wunderbaren PLATSCH landete es auf dem Kopf vom Silberdeldok und zerbrach darauf. Der Dotter lief ihm über Stirn und Augen auf die Silbernase und das Eiweiß sogar vorne in den Hemdkragen. Sein Haupt wurde nun von einem Kranz aus Eierschalen geziert. Das verschlug ihm für einen Augenblick die Sprache.

Diesen Augenblick benutzte Helene, um kichernd und gackernd davonzufliegen. »Auf Wiedersehn! Und nicht vergessen, nicht vergessen: Gaa-gaga-gaga-gaga-gagagäääää!«, rief sie noch, ehe sie schnell im nahen Wald verschwand.

Der Silberdeldok versuchte das Ei-Ruß-Gemisch aus seinem Gesicht zu wischen. Je mehr er wischte, desto weniger sah er.

»Pechblende und Ofenruß!«, fluchte er. »Na warte, du Truhn, na warte!!«

Und er schämte sich ziemlich, dass ein dummes Huhn ihn so hereingelegt hatte …

# In der Höhle, vor der Höhle

Vierhundertsiebenundneunzig, vierhundertachtundneunzig, vierhundertneunundneunzig, fünfhundert. Wir sind schon fünfhundert Schritte weit!«, rief der Opozähldok. Seine Stimme hallte dumpf in dem engen Höhlengang, der von den vier flackernden Eierfunzeln nur spärlich erleuchtet wurde.

Die vier Opodeldoks, die da langsam den Gang entlangschlichen, warfen gespenstische Schatten an die dunklen, feuchten Felswände. Keiner wollte es zugeben, aber jedem Einzelnen, Oma- und Opa-, Oberdeldok und Opozähldok, war ziemlich unheimlich zumute.

Ab und zu stimmten sie das Opodeldok-Lied an, um sich Mut zu machen:

> »Wir sind die Opo-,
> wir sind die -deldoks,
> und wenn wir nicht die
> Opodeldoks wär'n,
> könnt man sich
> sicherlich
> diese unterird'sche Reise
> nicht erklärn!«

Aber der Gesang klang in dem Felstunnel so gruselig, dass sie bald wieder aufhörten.

»Bei meinen dottergelben Bartspitzen, das ist der längste unterirdische Gang, den ich je durchquert habe«, murmelte der Oberdeldok.

»Hast du denn schon mal einen durchquert?«, fragte Omadeldok spitz.

»Nein, noch nie«, sagte der Oberdeldok. »Es ist somit der längste, unterirdischste und allererste Gang, den ich je durchquert habe!«

Zur gleichen Zeit ungefähr begann drüben im Waldland der dicke Gockel in seinem Loch zu schniefen, zu flennen und zu schluchzen. »Ich halt das nicht mehr aus! Immer in der Höhle hier. Das ist kein Leben für einen Hahn. Schließlich bin ich nicht mehr der Jüngste. Nein, das können sie mit mir nicht machen.«

Deldok wusste nicht, was er von diesem merkwürdigen Gockel halten sollte. Mal sprach er wie der beste Freund mit ihm, dann wieder tobte er herum, als wollte er jeden zerhacken, der in seine Nähe kam.

Er trat ein paar Schritte auf ihn zu und fragte: »Wer kann was nicht mit dir machen? Wer eigentlich?«

Der Hahn glotzte ihn blöde an: »Die Opos – diese Opodeldoks, diese …« Das nächste Wort ging in einem gewaltigen Gähnen unter und schon drohte er einzuschlafen.

Das wäre Deldok schon recht gewesen, aber noch wichtiger als Flucht war ihm jetzt, herauszukriegen, was die Opodeldoks mit diesem seltsamen männlichen Huhn zu tun haben sollten.

»Opodeldoks?«, rief er. »Was habt ihr hier nur alle gegen uns Opodeldoks?«

Der Hahn drehte seinen Kopf zu Deldok. Es sah fast so aus, als liefen zwei Tränen aus seinen trüben Augen.

»Die haben mich doch hier reingesteckt«, sagte er. »Vor zweiundachtzig Jahren oder siebenunddreißig, mindestens hundertdrei …«

Deldok war bestürzt.

»Opodeldoks haben dich hier reingesteckt?«, fragte er. »Dann grab ich dich eben wieder aus! Hörst du mir zu? Schlaf doch nicht ein! Ich muss mir nur irgendwo eine Schaufel besorgen. Ich komm gleich wieder, dann erzählst du mir alles ganz genau, ja?«

Der Hahn war schon wieder eingeschlafen. Jetzt schlug er für einen Augenblick die Augen auf und murmelte: »Bringst du auch deine Henne mit, deine Marlene?«

»Ja. Ich suche eine Schaufel und ich suche Helene und dann komm ich wieder, ja?«

»Sehr schön!«, säuselte der Hahn, verdrehte die Augen und schlummerte weiter.

Deldok lief mit großen Sprüngen in den Wald.

Zur gleichen Zeit ungefähr stellten die Waldleute fest, dass Mogla fehlte. Ob sie sich im dichten Unterholz verlaufen hatte, als sie sich vor den Hupfkisten versteckt hatten?

»Bei mir ist sie nicht«, sagte Mogli-Mama. »Opa, ist sie bei dir?«

»Hier? Ja, ich bin hier«, knurrte der Mogli-Opa. »Aber Mogla ist nicht da. Ist sie bei euch?«

Der Mogli-Papa hatte schon die nähere Umgebung abgesucht. Er war sichtlich beunruhigt. »Die ist bestimmt den Hupfkisten und dem weißen Vogel nachgelaufen«, sagte er.

»Raufen? Mit wem soll sie denn raufen? Dafür ist sie doch noch viel zu klein«, widersprach Mogli-Opa.

»Heilige Waldeslust«, sagte Mogli-Mama. »Die wird sich doch nicht mit dem Opodeldok einlassen!«

»Allein lassen?« Der Mogli-Opa war ganz empört. »Nein, wir können sie nicht allein lassen. Wir müssen sie suchen.«

# Ein unerwartetes Hindernis

Zur gleichen Zeit ungefähr kam tief unten im unterirdischen Gang der Oberdeldok ins Stolpern. »Hühnerdreck und Federfraß!«, schimpfte er. »Hier stinkt's!«

»Das stimmt«, pflichtete ihm Opadeldok bei. »Nach Hühnerdreck. Wie kann es in einem unterirdischen Gang nach Hühnerdreck riechen?«

Der Opozähldok drängte sich an den beiden vorbei, er hatte sich durch das Gespräch nicht aus dem Zählen bringen lassen. »1368, 1369,13… huhuhuu? Da geht's nicht weiter! Der Gang ist zu!«, rief er plötzlich.

»Zu?«, stammelte Opadeldok. »Das darf aber nicht sein. Früher war alles schlechter, will sagen, früher war da nicht zu!«

Oberdeldok und Opozähldok leuchteten die Wand ab. Vor lauter Zählen blickte der Opozähldok überhaupt nicht mehr durch. »Wir müssen wieder zurück!«, rief er. »Eins, zwei, drei, vier …« Er drehte sich um und stapfte schon in Richtung Grasland davon.

Da wurde Oberdeldok energisch. »Zurück geht hier keiner!«, rief er.

Der Opozähldok blieb stehen. Der Oberdeldok hatte inzwischen seine Untersuchung beendet. »Felsbrocken, lauter riesige Felsbrocken«, verkündete er.

»Das sind aber seltsame Felsen«, meinte Omadeldok. »Ganz weiche. Das sind Säcke!«

»Tatsächlich, das sind Säcke, bei meinen dottergelben Bartspitzen!«, rief der Oberdeldok.

»Der hier hat ein Loch«, stellte Opadeldok fest.

Als er auf den Sack drückte, rieselten feine goldgelbe Körner heraus. »Hafer«, sagte der Oberdeldok. »Hafersäcke! Alles Hafersäcke!! Und dazwischen Hühnerdreck …« Er rümpfte die Nase und rief laut: »Wegräumen! Wir werden die Säcke wegräumen!«

»Mir kommt es so vor«, sagte Omadeldok, »als schimmerte da vorne ein Licht durch. Seht doch!«

»Bei meinen dottergelben Bartspitzen, hinter den Hafersäcken ist ein Licht«, rief der Oberdeldok.

Und alle vier begannen die schweren Säcke beiseitezuräumen.

# Die Holzroboter

Nicht weit vom rußgeschwärzten Haus des Silberdeldoks waren die beiden Holzroboter bei der Arbeit.

Ob die Arbeit, die die beiden da verrichteten, einen Sinn hatte, darüber kann man geteilter Meinung sein. Der Silberdeldok allerdings, ihr Herr und Erfinder, fand diese Arbeit äußerst sinnvoll. Sie waren nämlich gerade dabei, einen kleinen Hügel im Waldland einfach wegzubaggern. In dem Hügel steckte das Silbererz, hinter dem der Silberdeldok so wild her war.

Irgendetwas Vernünftiges machte der Silberdeldok nicht mit dem Silber, etwas, das anderen genützt hätte oder ihnen zumindest das Leben ein wenig leichter und fröhlicher gemacht hätte. Nein! Ganz für sich allein wollte er es haben, es in seinem Haus verstecken, nachts hinter verschlossenen Türen anstarren und fürchterlich stolz darauf sein.

Die Hupfkisten brachen wie fast jeden Tag den harten Boden auf (dafür hatten sie auswechselbare Baggerschaufeln) und sie schoben dann das lose Gestein auf einen Haufen.

Von Weitem sahen sie fast wie hüpfende Schneepflüge aus, nur nicht so komisch.

Jemand beobachtete sie auch gerade von Weitem:

Mogla hielt sich im Schutz der Büsche auf, die von den Hupfkisten noch nicht zerstört worden waren, und schaute nach dem fremden weißen Vogel aus. Wo konnten ihn die beiden versteckt haben?, fragte sie sich. Ich muss näher an die beiden heran.

Weiter vorn, am unteren Rand des Erzhügels, hielt sich noch ein zerzauster Busch. Mit flinken Sprüngen rannte sie darauf zu und verbarg sich zwischen den Zweigen. Noch jemand beobachtete die Hupfkisten bei ihrer staubigen Arbeit: Deldok, den der Baggerlärm angelockt hatte.

Die wären richtig, um den Hahn zu befreien, dachte er. Besser als jede Schaufel. – Wie man die wohl bedient? Auch er beschloss, erst mal näher an die Kisten heranzuschleichen. Auch ihm gefiel der zerzauste Busch da vorne als Versteck.

Sobald die Kisten ihm wieder mal ihre Holzrücken zugewandt hatten, sprang er rasch darauf zu und warf sich hinein. Er fiel weicher, als er gedacht hatte – nämlich auf Mogla.

Die fuhr hoch, starrte Deldok mit angstgeweiteten Augen an und schrie: »Der Opodeldok!« Kopflos rannte sie davon, genau in Richtung der Hupfkisten!

»Mogla!«, rief Deldok und versuchte sie einzuholen. »Warum rennst du denn weg?! Bleib doch da! Pass auf, die Kisten! Stehen bleiben! STEHEN BLEIBEN!«

Mogla hielt inne, sie merkte selbst, dass sie vor der einen Gefahr weg in eine andere, viel größere rennen wollte. Sie war den Hupfkisten schon ziemlich nah.

»Warum rennst du denn weg? Hast du etwa Angst vor mir?«, fragte Deldok und blieb schnaufend neben ihr stehen.

»Klar«, sagte Mogla und sah Deldok mit großen Augen an.

»Aber wieso denn? Ich tu dir doch nichts, ich bin doch ein ganz friedlicher Opodeldok, ich …«

»Siehst du: Du gibst es selbst zu. Du bist ein Opodeldok!«

»Na und? Ist ein Opodeldok denn etwas Schlimmes?«

»Das fragst du noch?! Ein Opodeldok zerstört unseren Wald, lässt unsere Schlafbäume umsägen, macht Rauch und Ruß und Krach und lässt die gemeinen Hupfkisten …«

»Aber nein!« Deldok widersprach empört. »Ein Opodeldok wohnt im Grasland, isst gerne Eier, mag Hühner … und singt gern.«

Mogla guckte Deldok erstaunt an. Er sah nicht so aus, als ob er log. Sie verlor ein wenig von ihrer Angst.

»Dann muss es verschiedene Opodeldoks geben«, sagte sie. »Kommst du denn aus diesem ›Grasland‹?«

»Ja«, sagte Deldok stolz. »Ich bin über die Berge gekommen.«

»Über die Berge?« Mogla schüttelte den Kopf. »Über die Berge? – Dann gibt es also doch was, hinter den Bergen? Das wollten mir meine Eltern nämlich nicht glauben.«

»Meine auch nicht! Aber sag mal, gibt es hier wirklich einen Opodeldok? Ist der auch mal über die Berge gekommen?«

»Ich weiß nicht«, sagte das Mädchen. Es hatte inzwischen alle Furcht vor Deldok verloren.

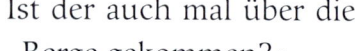

»Ich glaube, der war schon immer hier. Die schrecklichen Hupfkisten da gehören ihm.«

»Hm. Wieso stehen die eigentlich auf einmal so stumm herum?«
Deldok, der sich ja immer schon für Erfindungen interessiert
hatte, ging auf die Kisten zu. »Du, Mogla, die sind kaputt, die
funktionieren nicht mehr. Stehen da wie abgeschaltet.«

»Vorsicht!«, rief Mogla. »Geh nicht zu nah ran. Die sind gefährlich. Erst heute früh haben sie einen weißen Vogel gefangen und
mitgeschleppt.«

Deldok erschrak. »Einen weißen Vogel?«, fragte er. »Doch nicht
ein Huhn? Das wird doch nicht Helene gewesen sein?!«

»Ich weiß nicht, was ein Huhn ist, und kenne keine Helene«,
sagte Mogla und fuhr herum. Denn in diesem Augenblick flatterte vom Waldrand mit lautem Gegacker ein großer weißer
Vogel heran. Es war ein Huhn und das Huhn hieß Helene!

»Helene! Meine Helene!«, schrie Deldok, und er und Helene fielen sich in die Arme und Flügel, als hätten sie sich siebeneinhalb Jahre lang nicht gesehen.

»Ich denke, du bist gefangen, Helene?«, fragte Deldok.

»War ich auch, war ich auch«, erzählte Helene. »Bei einem Opodeldok, Deldok, aber einem ganz dreckigen und gemeinen. Vielleicht lernst du ihn mal kennen, mal kennen. Dann soll er dir was vorgackern. Kann sehr gut gackern, gut gackern.«

Helene gackerte und gluckste und lachte sich halb tot. »Da stehen die Hupfkisten, die Hupfkisten«, sagte sie dann plötzlich und hörte auf zu lachen. »Geh da nicht ran, die sind gemein, gemein!«

»Die könnte ich gut gebrauchen, um den Hahn aus seiner Höhle auszugraben«, sagte Deldok und ging auf die Kisten zu, die starr und stumm auf ihren Federbeinen standen. Helene zuckte wie vom Blitz getroffen zusammen: »Was hast du gesagt? Gesagt?«, flüsterte sie.

»Dass ich sie gut gebrauchen kann«, antwortete Deldok und klopfte an einen Kistenkopf. Es klang äußerst hohl.

»Nein, das meine ich nicht, das andere, andere«, rief Helene. »Hast du ›Hahn‹ gesagt? Hahn? Hahn?«

»Ja, ich … ich will einen Hahn ausbuddeln.«

Helene trippelte plötzlich aufgeregt hin und her.

»Einen Hahn, einen richtigen Hahn?« Sie kriegte sogar ein paar Kiekser in die Hühnerstimme. »Ja, wo denn, wo denn? Du hast mir ja gar nichts davon erzählt, erzählt? Gagagagagaaaagg! Wo ist er denn, ist er denn?«, rief sie.

Deldok versuchte einen der Kisten-Baggerarme zu bewegen.

Es ging nicht. »Wir gehen gleich zu ihm«, versprach er. »Der Hahn steckt nämlich da drüben, am Fuß der Berge, in einem Loch, so einer Art Höhle, und kann nicht raus, weil er zu groß ist.«

Helene geriet zusehends und zuhörends aus dem Häuschen. »In einer Höhle und kann nicht raus, der Ärmste, der Ärmste?«, fragte sie. »Aber groß ist er, ja? Ein großer Hahn, stattlich? Wie sieht er denn aus, denn aus? Hat er rote Federn? – Wann gehen wir denn hin, denn hin? Gleich?«

»Ja, gleich«, sagte Deldok. »Ich möchte nur zu gern vorher rauskriegen, wie man diese Hupfkisten in Bewegung setzen kann.«

Helene konnte es offenbar nicht abwarten. »Kisten?«, rief sie. »Muss ich denn da dabei sein, dabei sein, dabei sein? Ich verstehe sowieso nichts von Kisten. Geh mir mal ein bisschen die Füße vertreten, vertreten, ja? Schau mir die Gegend ein wenig an, wenig an. Ja?«

Während der letzten Sätze war Helene schon bis zum Waldrand geflattert. Zielbewusst auf den Fuß der Berge zu …

Deldok stand immer noch neben den Hupfkisten.

»Ich muss mir so ein Ding mal von unten ansehen«, sagte er zu Mogla und legte sich wie ein Automechaniker auf den Rücken unter eine der Kisten. »Wenn die nur höher ginge, HÖHER.«

Mit hässlichem Knarzen schoben sich die beiden Kisten in die Höhe.

Blitzschnell war Deldok wieder auf den Beinen.

»Die gehen ja wirklich hoch! Halt! STEHEN BLEIBEN!«, schrie

er. Und die Kisten gehorchten ihm!!! »Hast du das gesehen, Mogla? Die folgen mir aufs Wort!«

Mogla stand sprachlos da und zitterte ein bisschen.

»RUNTER!«, rief Deldok und die Kisten fuhren nach unten. »UMDREHEN!«, und sie drehten sich um. »Du, Mogla, die tun, was man ihnen sagt. Jetzt begreif ich auch, warum sie die ganze Zeit so still gestanden haben. Erinnerst du dich: STEHEN BLEIBEN! hab ich dir zugerufen. Und die Kisten sind stehen geblieben.«

Er lachte und sagte zu Mogla: »Und ihr habt solche Angst vor diesen Kisten. Dabei tun sie alles, was man ihnen befiehlt. Los, probier's mal! Sag ihnen was!«

Mogla ging zwei Schritte auf die Holzroboter zu. »VORWÄRTS!«, rief sie mit fester Stimme. »VORWÄRTS!«

Aber die Hupfkisten rührten sich nicht.

»UMDREHN! RAUF! RUNTER!« Doch nichts geschah.

Deldok kratzte sich am Kopf und überlegte. »Jetzt verstehe ich«, rief er dann. »Das ist schlau ausgedacht: Der Opodeldok hat die Kisten so gebaut, dass sie nur auf die Stimme von einem Opodeldok reagieren.«

»Der hat natürlich nicht geahnt, dass noch ein Opodeldok ins Waldland kommt«, vermutete Mogla.

»Richtig. Das hat er bestimmt nicht geahnt. Und deswegen sind wir ihm auch überlegen«, sagte Deldok. »Jetzt gehn wir erst mal zum Gockel. Dann lass ich die Kisten den Eingang so weit vergrößern, dass der Arme rauskann. Kommst du mit?«

»Ja, natürlich, das will ich auch sehen.«

Deldok wandte sich an die Kisten: »IHR KOMMT LANGSAM HINTER UNS HER! Und dass ihr mir keine Bäumchen zertrampelt! Verstanden?«

Die Kisten antworteten mit einem »Tüüüüdiiweiingweinng« und hopsten ganz gemächlich hinter Deldok und Mogla her.

»Wo steckt Helene wohl?«, fragte Deldok.

»Die hat den Hahn sicher schon gefunden«, lachte Mogla. »Da möchte ich wetten.«

# Henne und Hahn

Helene hatte ihn gefunden. Am Fuß der Berge sah wirklich der Kopf eines Gockelhahnes aus einem Loch heraus. Der Kopf allerdings lag schlafend auf der Seite. Helene schlug das Hühnerherz bis zum Hühnerhals. Sie trippelte näher und sah sich den Schläfer genauer an.

»Ein Hahn, ein richtiger Hahn, kein Zweifel!«, jubelte sie. »Und was für eine stolze Haltung, sogar im Schlaf! Und die schöne Farbe! Ganz feurig!« Helene war hingerissen. Doch was nützt der schönste Hahn, wenn er pennt!

»Hallooogagack«, sagte sie deshalb laut. »Hallo, Sie da, aufwachen! Aufwachen!!«

Der Gockel schreckte hoch: »Was ist? Werwowiewas?«

»Hier bin ich«, flötete Helene, »hier, hier!«

Der Hahn klimperte mit seinen Augenlidern und starrte Helene ungläubig an. »Wer? – Ohhh! Was sehe ich, was sehe ich denn da? Träum ich oder bin ich wach – äh – guten Tach. Ein richtiges Huhn?«

Helene legte kokett den Kopf zur Seite. »Ja, das haben Sie gut erkannt, gut erkannt.«

»Und nicht nur ein Huhn … nein, das hübscheste Huhn, das ich seit achtunddreißig Jahren gesehen habe oder seit zweiundneunzig, mindestens seit zwölf«, flötete der Hahn.

»Sie übertreiben!«, sagte Helene bescheiden.

»Übertreiben?« Der Hahn spreizte alle Federn, die man sehen konnte. »Ich und übertreiben? Aber nie! Das schönste Huhn seit langer Zeit, die schönste Henne weit und breit, so, so … sag ich … sag ich voller Artigkeit und jederzeit und sehr erfreut. – Na, wie finden Sie das?«

Helene war voller Bewunderung: »Haben Sie das eben gedichtet, gedichtet? Oder konnten Sie das auswendig, auswendig?«

»Frisch gedichtet und angerichtet. Für eine Henne, die ich kenne. Ja.«

Helene war äußerst geschmeichelt. »Hinreißend, hinreißend, gagagagaack!«

Der Hahn schien vor Stolz immer mehr anzuschwellen. »Gestatten Sie, dass ich unser Zusammentreffen mit einem bescheidenen Freudenruf feiere?« Er holte tief Luft und stieß ein ohrenbetäubendes »Kikerikiiiiiiiiiiiiiiiih!« aus.

»Das nennen Sie bescheiden?«, sagte Helene. »Das war …«

»Göttlich?«, fragte der Gockel eitel.

»Nun, so kann man's nennen.«

»Dann darf ich in aller Bescheidenheit sagen, ich bin schon ein bisschen stolz auf mein Krähen. Das habe ich auch lange geübt, Sie verstehen? So was kommt nicht von alleine! Jetzt achten Sie vor allen Dingen mal auf das Schluss-i!« Und wieder tönte sein enormes Krähen durch das Waldland.

Auch die Opodeldoks in der Höhle drunten hörten das Krähen. Es drang ihnen durch Mark und Bein. Sie waren gerade mit dem Wegräumen der Hafersäcke fertig geworden und gingen nun weiter, ganz vorsichtig und dicht hintereinander.

Der Oberdeldok hatte die Führung übernommen. Plötzlich wich er so hastig zurück, dass alle nacheinander auf den Hintern fielen.

»Was ist denn? – Was soll das? – Das darfst du nicht!«, riefen die Opodeldoks durcheinander und kamen kaum wieder auf die Beine, weil einer dem andern auf dem Schoß saß.

»Da vorne ist ein Tier«, flüsterte der Oberdeldok. »Ein großer Vogel mit zwei riesigen Füßen, Hühnerdreck und Federfraß!«

»Natürlich Hühnerdreck!«, knurrte der Opadeldok, immer noch zwischen Oma und Opozähldok eingekeilt. »Ich sitze mittendrin!«

»Man riecht es, Opa«, sagte Omadeldok und rappelte sich hoch. »Wir sitzen alle mittendrin!«

Gerade als alle wieder standen, genau in diesem Augenblick, hörten sie den Hahn zum zweiten Mal krähen. Es klang furchterregend.

»Wir müssen warten, bis dieser fürchterliche Vogel wegfliegt«, flüsterte der Oberdeldok. »Er sieht sehr gefährlich aus. Zumindest von unten. An seinen Füßen sind ganz große Krallen. Riesig!«

Er sprach sehr leise, um den gefährlichen Vogel da vorn nicht zu reizen.

Vorsichtig gingen alle ein paar Schritte zurück, setzten sich auf die Hafersäcke und warteten darauf, dass der gefährliche Vogel wegflog.

# Hupfkisten auf Abwegen

Noch einer hatte das Krähen gehört und war dabei ärgerlich zusammengezuckt: der Silberdeldok.

Das Krähen erinnerte ihn an etwas in seiner Vergangenheit, an das er nicht gern zurückdachte und das ihn wütend machte. Obwohl er nach Helenes Flucht sowieso schon wütend genug war! Außerdem hatte er sich das Ei aus Haar und Gesicht waschen müssen. Sich waschen! Noch ein Grund, wütend zu sein. Und als er jetzt nach seinen Hupfkisten sah, wurde er ganz und gar endgültig und einfach total superwütend.

»Wo steckt ihr denn, ihr Holzköpfe, ihr dreimal bekloppten?«, schrie er. »Das geht doch nicht mit rechten Dingen zu! Das Feuer ist aus! Kein Erz, kein Holz, kein Silber, nichts! Die werde ich holen, mir kaufen werd ich die! Bei meiner silbernen Nasenspitze! Euch bau ich um! Schuhschränkchen mach ich aus euch, jawoll!« Er rannte blindlings in den Wald hinein.

Der Hahn hatte selbstverständlich keine Ahnung, was er mit seinem Krähen angerichtet hatte.

Mit verliebten Augen blinzelte er Helene an und spielte sich auf, als stünde er in aller Pracht und Schönheit mitten auf einem Misthaufen in einem Hühnerhof. Davon konnte nicht die Rede sein. Und darum wurde ihm allmählich kläglich zumute.

»Tja …«, druckste er herum. »Ich wäre ja gern bei Ihnen draußen, aber … Es geht nicht … Ich kann hier nicht durch, ich bin etwas breit gebaut, Sie verstehen?«

»Das ist traurig, traurig«, antwortete Helene. »Aber wenn Deldok kommt, wird er Sie sicher ausgraben, graben.«

»Deldok? Deldok, Deldok? – Den Namen hab ich doch schon mal gehört. Ahh ja! Das war heute Vormittag. Dann sind Sie bestimmt … Irene, stimmt's?«

»Helene!« Sie war ein kleines bisschen gekränkt. Aber wirklich nur ein kleines bisschen.

»Helene!«, schwärmte der Gockel. »Was für ein hübscher Name, entzückend! Nun wein ich keine Träne, denn bei mir ist Marlene. Wie gefällt Ihnen das?«

»Mäßig, mein Lieber, mäßig, denn ich heiße schließlich Helene, Helene.«

»Helene, da bist du ja!«, rief es vom Waldrand her. Aus dem Dickicht traten Deldok und Mogla heraus. Hinter ihnen hopsten die Hupfkisten.

»HALT, STEHEN BLEIBEN!«, kommandierte Deldok und die Kisten gehorchten.

»Am besten«, sagte er dann zum Hahn, »am besten wäre es, wenn du zum oberen Loch gehst und dort deinen Kopf rausstreckst. Dann können die Kisten das untere Loch hier vergrößern.«

»Schon bin ich weg«, rief der Hahn fröhlich und verschwand.

»Und auf 'nem neuen Fleck!«, und tauchte oben wieder auf.

»Sieht er nicht aus wie ein Denkmal, da oben, da oben?«, hauchte Helene.

Und der Gockel antwortete in schöner Selbstgefälligkeit: »Finden Sie? Das hab ich mir auch schon manchmal gedacht.«
»KISTEN, GRABT!«, rief Deldok und die Holzroboter setzten sich in Bewegung.

# Hahn frei

Der Lärm der grabenden Hupfkisten drang weit ins Waldland hinein. Auch die Waldleute, auf der Suche nach
Mogla, hörten ihn.

»Mogla! Mogla!«, rief der Mogli-Opa gerade laut.

»Psssst!« Die Mogli-Mama hielt ihm den Zeigefinger vor den
Mund.

»Wenn ich leise rufe, kann sie mich nicht hören«, sagte Mogli-
Opa störrisch.

»Wir müssen weniger rufen und mehr gucken«, sagte Mogli-
Papa.

»Wer soll quer spucken?«

Mogli-Mama hielt nochmals den Finger beschwörend vor
Mogli-Opas Mund und zeigte ihm die Richtung, aus der das
Hupfkistengeräusch kam. Mogli-Opa schüttelte den Kopf, da
er nichts verstanden hatte. Die drei schlichen so lautlos weiter,
wie es nur Waldmenschen können. Wenig später erreichten sie
den Waldrand. Sie entdeckten die Kisten am Fuß des Hügels
bei ihrer Arbeit. »Ich glaube, sie schaufeln da drüben«, meinte
Mogli-Mama.

»Wer schaufelt Rüben?«, fragte Mogli-Opa.

»Nein, die schaufeln Erde weg. Und der Opodeldok ist auch
dabei.«

»Und Mogla und der weiße Vogel«, freute sich Mogli-Papa.
Auch Mogli-Opa hatte die beiden jetzt entdeckt.

»Warum rennt sie denn nicht weg? Es hält sie doch niemand fest?«, fragte er. Niemand antwortete ihm.

»Ich glaub, jetzt haben sie genug gegraben, gegraben«, sagte Helene zu Deldok.

Mogla pflichtete ihr bei: »Ja, jetzt müsste der Hahn durchpassen.«

»Gut, dann soll er es versuchen.« Deldok ging zu den Hupfkisten. »HALT! PAUSE! ZURÜCKTRETEN!«

Die Kisten führten sofort die Befehle aus.

»Jetzt versuch mal, ob du durchkommst!«, rief Deldok dem Hahn zu.

Der beguckte sich das erweiterte Loch, blinzelte in die Runde, wusste sich wieder als Mittelpunkt und sprach: »Na gut, ich will's probieren, aus dem Loche zu marschieren.«

Er verneigte sich nach allen Seiten, als hätte man ihm applaudiert. Dann drückte er mit ganzer Kraft gegen das Erdreich. »Es scheint zu gehen!«, rief er und wackelte mit den Flügeln, die jetzt sichtbar wurden. Und schüttelte und rüttelte. »Hier links drückt es noch ein bisschen …«

»Quetsch dich einfach durch!«, rief Mogla.

»Und wenn er sich verletzt, verletzt? Und die schönen Federn verdrückt?«, entrüstete sich Helene.

Deldok sah sie von der Seite an und grinste. Er kannte seine alte Freundin kaum wieder.

»Er soll sich halt vorsichtig quetschen«, sagte er.

»Das tu ich ja bereits«, rief der Gockel.
»Es ist nicht einfach.« Er sah Helene an,
als müsste er sich entschuldigen. »Die
einseitige Ernährung, wissen Sie. Immer
nur Hafer, nur Hafer, da nimmt man zu.
Und der Mangel an Bewegung, Sie verstehen. Immer nur stehen oder liegen …
Das macht nicht gerade schlank.«
»Fest! Gleich bist du draußen!« Das war
wieder Mogla. »Ich quetsche ja bereits,
was das Zeug hält!« Der Hahn schnaufte
und prustete, und hätte er keine Federn
gehabt, hätte man bestimmt einen knall-
roten Kopf gesehen.
Mogla, Deldok und Helene feuerten ihn
jetzt an: »Und fest! Und fest! Und – – –
jaaaaaaaaaa!«
Mit einem Mal schoss der dicke Gockel
wie von einem Katapult geschleu-
dert, einem gefiederten
Sektkorken gleich,

aus der Höhlenöffnung. Er hatte so viel Schwung, dass er in hohem Bogen an den dreien vorbei in Richtung Wald sauste und dort – BOIIIING! – an einen dicken Baum knallte.

»Schnellbremsung!«, sagte Deldok trocken.

Wie der Wind war Helene hinter dem Hahn her. »So warten Sie doch, Sie doch, gagaggagack! – Was hat er für einen Schwung! Einen Schwung! Stürmisch wie ein junger Hahn, junger Hahn!«

Und schon fächelte sie mit ihren Flügeln dem erschöpft und benommen dasitzenden Hahn Frischluft zu. Jetzt erst sah man, was für ein Fettwanst da in der Höhle gesteckt hatte, der reinste Kugelhahn …

Mogla und Deldok waren vor dem herausschießenden Hahn zur Seite gewichen. Mogla stand in der Nähe eines großen Haselnussbusches.

Und gerade als Helene ihrem Gockel auf die Füße half, griff eine Hand aus dem Busch nach Mogla, eine zweite Hand hielt ihr den Mund zu und schon wurde sie ins Gebüsch gezerrt. Erschrocken guckte sie sich um. Aber sie sah glücklicherweise nur in die lieben Gesichter ihrer Waldleute-Familie.

»Ganz still! – Hier findet er dich nicht. – Du bist in Sicherheit! Nur leise!«, flüsterten sie durcheinander und zogen die verdutzte Mogla weiter ins Dickicht hinein.

»So ein verrücktes Huhn!«, lachte Deldok hinter Helene her. »Du, Mogla, jetzt – aber – aber, wo steckst du denn?«

Das Waldmädchen war wie weggezaubert. Ganz verwirrt stolperte Deldok um den Erdhaufen herum: »Mogla? – Mogla!«

Das war doch nicht zu begreifen. Er lief auf den Wald zu und ein paar Schritte ins Unterholz. »Mogla!«

Da durchzuckte ihn ein eisiger Schreck: Im Blättergewirr tauchte urplötzlich ein schwarzes, hässliches Gesicht auf, in dessen Mitte eine knorrige Nase silbern funkelte. Und eine rußige Stimme knurrte: »Was hast du mit meinen Dienern gemacht, Silbererz und Feuerstrahl?«

»Diener? – Ach so! … Sie … Sie meinen die Kisten«, stotterte Deldok erschrocken. »Ja, also …«

»Woher nimmst du die Frechheit, sie hier im Dreck wühlen zu lassen, was?! Und bei mir geht das Feuer aus, weil kein Holz da ist. Bei meiner silbernen Nasenspitze, was hast du mit ihnen gemacht?«, brüllte der Silberdeldok.

Allmählich gewann Deldok seine Fassung wieder. »Sie sind freiwillig mitgekommen, Ihre Kistendiener«, sagte er ruhig. »Sie tun, was ich sage.«

»Lüg nicht!« Silbernase wurde noch lauter. »Pechblende und Ofenruß, du hast sie umgebaut!«

»Ich lüge nicht!« Deldok war empört. »Sehen Sie doch selbst, bitte!« Er ging hinüber zu den Kisten und befahl: »HOCH!« Die Kisten fuhren nach oben. »RUNTER!« Die Holzdiener fuhren nach unten. »HALT!«

Der Silberdeldok wurde unruhig. Er ging auf seine Kisten zu, starrte sie an, starrte Deldok an.

»Es gibt nur eine Erklärung«, brummte er dann. »Du musst ein Opodeldok sein. Noch ganz jung, aber Opo. Nur einer von meinesgleichen kann mir ins Handwerk pfuschen. Du musst von drüben gekommen sein. Da ist was gegen mich im Gange. Aber nicht mehr lange, du Opodeldokchen. Bei meiner silbernen Nasenspitze!«

Brüllend wandte er sich dann an die Kisten: »Warum lasst ihr euch von dieser halben Portion herumkommandieren?! Fangt ihn sofort ein und schleppt ihn mit zu meinem Haus! – Ich will ihm das Silberputzen beibringen«, fügte er noch höhnisch hinzu.

Die Kisten hopsten auf Deldok los und fuhren ihre Baggerarme aus, wie um ihn aufzuschaufeln.

»HALT!«, rief Deldok. »STEHEN BLEIBEN!«

Für einen Moment stutzten die Kisten und knarzten und ratterten aufgeregt vor sich hin.

»WEITERMACHEN!«, schrie da der Silberdeldok mit lauter Stimme.

Und die Kisten gehorchten ihrem Herrn und Erfinder, klemmten Deldok zwischen ihre Grabschaufeln und schickten sich an, mit ihm in Richtung Silbergrube zu hopsen.

»Aua!«, rief Deldok. »Loslassen, ihr blöden Kisten! AUFHÖREN! Ihr sollt mich FREILASSEN!« Er wehrte sich, so gut er konnte. Aber wer kann schon gegen zwei Bagger etwas ausrichten?

»Jetzt siehst du's mal«, schrie der Silberdeldok triumphierend. »Du bist eben noch kein richtiger Opodeldok, höchstens ein Deldok! Hahahaha! Und eine echte Opodeldok-Stimme wirkt eben doch stärker. Jahahahahaha! HALT! – Was ist das denn auf einmal?!?«

Aus der Tiefe der Höhle erscholl ein kraftvoller Gesang:

>>Wir sind die Opo-,
wir sind die -deldoks …<<

Deldok, eingeklemmt zwischen den erstarrten Kisten, strahlte
plötzlich wie Silberdeldoks Nase: >>Aber das sind ja …<<
Singend marschierten die Opodeldoks aus dem unterirdischen
Gang durch das Gockelloch ins Freie: der Oberdeldok mit den
dottergelben Schnurrbartspitzen, Omadeldok, Opadeldok und
zuletzt der Opozähldok.

>>Wir sind die Opo-,
wir sind die -deldoks,
wir steigen aus der Erde
an das Licht,
denn im dunklen Gang
bei dem Riesentier,
denn da unten,
da gefiel's uns nicht!<<

>>Die Opodeldoks!<<, jubelte Deldok.
>>Deldok! Mein Deldokchen!<<, rief Omadeldok voller Freude.
Und Opadeldok knurrte ärgerlich: >>Was machen diese Kisten
mit ihm? Das dürfen sie nicht!<< Der Oberdeldok blinzelte ins
Licht und sagte hingerissen: >>Bei meinen dottergelben Bartspitzen, so ein Riesengras wie hier hab ich noch nie gesehn!<<
>>Millional! Einfach tausendfach millional!<<, fügte der Opozähl-
dok hinzu.

Aber es war keine Zeit für lange Landschaftsbetrachtungen. Denn der Silberdeldok hatte sehr schnell die Gefahr erkannt, die ihm drohte. »VORWÄRTS, MARSCH!«, befahl er den Kisten, die sich sogleich in Bewegung setzten.

Doch er hatte nicht mit Deldoks hellem Kopf gerechnet. »Ihr müsst alle HALT rufen, gleichzeitig!«, rief er seinen Leuten zu.

»Halt? Warum soll ich ›Halt‹ rufen?«, fragte der Opadeldok störrisch.

»Eins, zwei, drei …«, kommandierte Deldok.

»HALT!«, riefen Oberdeldok, Omadeldok und Opozähldok und beim zweiten »HALT!« fiel auch der störrische Opadeldok mit ein.

Sofort hielten die Hupfkisten inne.

»Was ist los mit euch Holzköpfen?«, brüllte wutschnaubend der Silberdeldok. »Ofenruß und dreimal gelöschtes Feuer, WEITER!«

Wieder zuckte es einen Augenblick in den Holzrobotern, doch

schon befahl Deldok: »Loslassen!«, und die vier Opodeldoks wiederholten mit ihm: »LOSLASSEN!«

Prompt ließen die Kisten Deldok los.

»Ja«, sagte Deldok zum Silberdeldok, »vier oder viereinhalb Opodeldok-Stimmen wirken halt doch stärker als eine.«

Dann ging er zu den Opodeldoks und rief fröhlich: »Herzlich willkommen im Waldland!«

Zitternd beobachteten die Waldleute aus ihrem Buschversteck, wie sich die Opodeldoks begrüßten und umarmten.

»Ist das schön!«, flüsterte Mogla. Sie zitterte nicht, sondern freute sich über Deldoks Befreiung.

Seltsamerweise hatte Mogli-Opa dieses leise »Schön!« ganz richtig verstanden. Er empörte sich: »Jetzt haben wir nicht nur *einen* Opodeldok im Waldland, sondern sechs, und sie findet das ›schön‹!«

Doch Mogli-Papa war inzwischen wohl klar geworden, dass nur einer von diesen sechs Opodeldoks ein gefährlicher Übeltäter war, der mit der Silbernase. Und der versuchte jetzt – im allgemeinen Begrüßungsdurcheinander – zu entwischen.

Ohne sich lange zu besinnen, sprang Mogli-Papa aus seinem sicheren Versteck und rief: »Da! Da rennt er weg! Man muss ihm hinterher!« (So viel Mut hatte er schon seit Jahren nicht mehr gezeigt.)

»Hinterher?«, fragte der Opadeldok. »Opas rennen nicht.«

»Omas auch nicht«, sagte Omadeldok.

»Heißt das, *ich* soll hinterherlaufen?«, rief der Oberdeldok ärgerlich. »Ich als Oberdeldok?«

»Nur keine Aufregung, da weiß ich etwas viel Besseres«, sagte Deldok. »Sprecht mir alle nach: Fangt den Silberdeldok ein und bringt ihn zurück!«

»FANGT DEN SILBERDELDOK EIN UND BRINGT IHN ZU-RÜCK!«, riefen die Opodeldoks im Chor.

Rasch setzten sich die Hupfkisten in Bewegung und waren gleich darauf im Wald verschwunden, auf der Jagd nach ihrem ehemaligen Herrn. Das Geräusch, das eine Holzkiste veranstaltet, wenn sie – voller Nägel – auf einem ungeölten Dreirad fährt, dieses garstige Geräusch klang diesmal fast fröhlich …

Hoch oben, in einem der höheren Baumwipfel, ärgerten sich zwei seltsame Lebewesen über den Trubel zu ihren Füßen: »Unverschämtheit!« Die Eule Eulalia öffnete ihre Nachtaugen nur einen winzigen Spalt. »So ein Lärm am …«

»… helllichten Tage«, ergänzte Fleda, die Fledermaus. »Wenn anständige Vögel …«

»… schlafen!«, wollte Eulalia eigentlich hinzufügen. Da war sie aber schon wieder eingeschlafen.

# Das Fest

In der Nacht wurde es noch viel lauter im Waldland. Es war aber ein fröhlicher Lärm, der das schöne Tal erfüllte. Auf einer Lichtung hatten die Hupfkisten einen großen Haufen alter Holzreste zusammengetragen und ein prächtiges Feuer angezündet.

Die Waldleute hängten bunte Lampions in die Bäume und spannten ihre Windharfensaiten, die im Abendwind leise zu klingen begannen.

Die Opodeldoks machten aus ihren Eiervorräten ein kaltes Buffet für alle, an dem sogar Eulalia und Fleda naschten.

Später wurde natürlich gesungen. Die beiden Opas dichteten – mithilfe des Hahnes – ganz schnell eine neue Strophe. Da ist sie:

> »Wir sind die Opo-,
> wir sind die -deldoks,
> und heute Abend kann
> ein jeder sehn,
> dass sich die Opo-,
> die Opodeldoks
> mit den Waldlandleuten
> sehr, sehr gut verstehn!«

Alle lachten, sangen und waren vergnügt. Nur einer nicht. Wer, das lässt sich leicht denken. Fest ins Netz der Waldleute verschnürt, saß der Silberdeldok am Feuer und schimpfte leise vor sich hin, weil ihn seine eigenen Hupfkisten eingefangen und gefesselt hatten.

Opodeldoks und Waldleute ließen ihn schimpfen. Er konnte ihre gute Laune nicht stören.

Bald begannen alle von den alten Zeiten zu sprechen. Eulalia, die alte Eule, hatte das beste Gedächtnis von allen.

»Wer hat eigentlich den Gang gebaut, durch den die Opodeldoks gekommen sind?«, wollte Deldok von ihr wissen.

»Der war schon immer da«, erzählte Eulalia. »Früher kam oft Besuch von drüben. Und manchmal gingen wir auch von hier hinüber.«

»Jaja«, pflichtete Fleda bei. »Zu den Silbernasen- und Bartspit-zen-Opodeldoks.«

»Und wer hat den Gang zugemacht?«, fragte der Oberdeldok.

»Das war mein Papa!«, rief Opadeldok, der wohl inzwischen nachgedacht hatte.

»Und warum hat er ihn zugemacht?« Auch der Opozähldok war neugierig.

»Weiß ich nicht, muss ich nachdenken. Früher war alles schlech-ter!«

So lange, bis Opadeldok nachgedacht hatte, wollte keiner war-ten.

Eulalia wurde schließlich gebeten, alles genau und im Zusam-menhang zu erzählen. Sie setzte sich an einen Platz, wo alle sie gut sehen konnten, und begann mit ihrer tiefen, samtenen Stimme, nur ab und zu von Fledas »Ja, ja!« unterbrochen, zu erzählen:

»Früher, ganz früher gab es im Grasland zwei Familien: die Bartspitzen-Opodeldoks und die Nasenspitzen-Opodeldoks. Beide kamen oft ins Waldland. Vor allem die Nasenspitzen-Opodeldoks. Die waren nämlich ganz wild auf Silber und hatten hier die Silbermine entdeckt. Um das Silber zu schmelzen, haben sie erst mal alle Bäume im Grasland abgeholzt und verheizt. Jaaa! Ganz früher gab es noch Bäume im Grasland! Und als keiner mehr da war, verbrannten sie auch das Gras.«

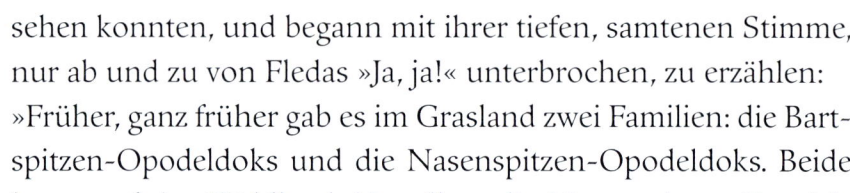

Der Silberdeldok plärrte plötzlich dazwischen: »Nur weil wir ein bisschen Feuer gemacht haben, haben sie uns ausgesperrt, mich und meinen Papa!«

»Ruhe!«, riefen die andern. »Erzähl weiter, Eulalia.«

»Ja, das stimmt. Weil die Nasenspitzen-Opodeldoks alles verbrannt hatten, um drüben ihr dämliches Silber zu gewinnen, wurde es irgendwann den andern, den Bartspitzen-Opodeldoks, zu viel. Als die Nasenspitzen – inzwischen hießen sie längst Silberdeldoks – mal wieder ins Waldland gegangen waren …«

»Weil wir Silbererz holen wollten, jawoll«, unterbrach der Silberdeldok wieder.

Die Eule schaute ihn strafend an und fuhr fort: »… da haben die andern dann kurzerhand den Gang hinter ihnen zugemacht.«

»Um unser Grasland zu retten!«, rief Omadeldok, die sich auch dunkel an Erzählungen ihrer Eltern erinnerte.

»Aber wie ist dann der Hahn in die Höhle gekommen?«, fragte Deldok jetzt.

»Ja!«, rief der Hahn, der sich bis jetzt wenig um die Geschichte gekümmert und mit Helene geflirtet hatte, und kam ans Feuer. »Wie bin ich in die Höhle gekommen? Weiß nicht mehr, hab zu viel von dem Zeugs getrunken im Lauf der Zeit, scheint doch zu schaden, hm … Ich sollte auf was aufpassen … Aber auf was? … Ist ja auch lange her, nicht wahr?«

Wieder ergriff die Eule das Wort: »Du solltest aufpassen, dass kein Silberdeldok durch den Gang zurückkommt. Huhu! Deswegen haben die Bartspitzen-Opodeldoks ihren größten und stärksten Hahn als Wache aufgestellt …«

»Haben Sie das gehört, Helene? Größter und stärkster …«

»Und damit er nicht verhungerte«, fuhr die Eule fort, »kriegte er einen Körnervorrat, ganze Säcke voll. Dass da welche von den Körnern im Regenwasser vergoren sind und zu Schnaps wurden, damit hatte wohl keiner gerechnet! Und im Lauf der Zeit sind der Gang, die andern Opodeldoks und der Hahn wohl in Vergessenheit geraten …«

»Der arme Hahn …« Helene schluchzte vor Mitleid auf.

»Armer *Hahn*?« Wieder einmal hatte der Mogli-Opa gerade diesen leisen Satz ganz genau verstanden. »Die armen *Waldleute*!«, rief er. »Uns habt ihr diesen Silberdeldok auf den Hals gehetzt! Der Alte ging ja noch, aber als der starb, da wurde sein Sohn hier immer schlimmer, immer schlimmer.«

»Hühnerschreck und Federfraß!«, mischte sich der Oberdeldok ein. »Eine böse Geschichte. Aber keine Angst, wir werden den letzten Silberdeldok wieder mitnehmen zu uns, wo er hergekommen ist. Da gibt es Arbeit für ihn. Ab heute habt ihr Ruhe vor uns. Aber zum Abschied singen wir noch einmal zusammen, ja?«

Damit stimmte er laut das Opodeldok-Lied an, so laut, dass einige kleine Waldvögel in ihren Nestern ganz schön erschraken.

Das Fest dauerte noch die ganze Nacht und den halben nächsten Tag. Dann nahmen sie Abschied, versprachen einander aber, sich ganz, ganz oft zu besuchen. Deldok und die Opodeldoks machten sich durch den Höhlengang auf den Heimweg und zogen singend ins Grasland. Den Silberdeldok nahmen sie mit, auch die Hupfkisten. Wenn die Kisten sich klein machten, konnten sie sogar in dem engen Gang recht gut hüpfen. Nur Helene hatte Schwierigkeiten mit ihrem Hahn: Der war so dick, dass er nicht durch den Gang passte. Sie hatte Angst, er könnte stecken bleiben.

Aber auch dieses Problem sollte sich auf ganz natürliche Weise lösen.

# Die Standpauke

Schon vor einer Weile waren die letzten Töne des Opodeldok-Liedes im Höhlengang verklungen.

Helene war im Waldland zurückgeblieben. Sie zerbrach sich verzweifelt den Kopf, wie sie ihren Dicken nach Hause kriegen könnte.

Den Hahn schien das alles nicht im Geringsten zu berühren. Er stolzierte herum, spreizte die Federn und krähte ab und zu, dass einem die Ohren wehtaten.

»Kikerikiiiiiiiiiii! – Na, Helenchen? Exzellent, was? Ich könnte mir kaum ein besseres Krähen vorstellen. Erinnern Sie sich, was die Eule gestern sagte? Den größten und stärksten Hahn haben die Opodeldoks hierher gestellt als Wache. Alle haben den Silberdeldok gefürchtet – aber der hat vor mir Angst gehabt. Übrigens: Haben Sie auf das Schluss-i bei meinem Krähen geachtet? Wie viel Melodie, wie viel Schall!«

Helene sagte schnippisch: »Ja, das haben Sie schon mal erzählt, erzählt, gack!«

»So was kommt nicht von allein. Da steckt viel Übung dahinter!«, prahlte der Hahn weiter.

»Jaja, auch das haben Sie schon mal erzählt. – Aber wollen wir nicht ein bisschen von uns reden? Von der Zukunft zum Beispiel? Was aus uns werden soll? Und wollen wir uns nicht end-lich duzen? Ich heiße Helene«, sagte sie mit süßer Stimme.

»Duzen?« Der Hahn plusterte sich wieder auf. »Ich heiße übri-gens Hannibal. Ist mir vorhin wieder eingefallen. Aber das mit dem ›Du‹ muss ich mir erst noch mal überlegen. Weißt du, es tut mir irgendwie innerlich weh, wenn man mich duzt. Du darfst das nicht falsch auffassen, aber schließlich bin ich kein Aller-weltshahn!«

Jetzt stieg langsam eine schöne satte Wut in Helene hoch. »Kein Allerweltshahn!«, schimpfte sie. »So, so!«

Der Gockel stellte sich in Positur. »Weißt du, mein Kind, das ist auch gut so. Schließlich soll eine Henne den Hahn bewun-dern können und nicht umgekehrt, oder? Die täglichen Pflich-ten fallen dann leichter: Wenn sie ihm zu fressen bringt oder ein bisschen gackert, um ihn aufzuheitern. Die Henne schaut gern auf zum Hahn und ist demselben untertan. – Nicht wahr, Helenchen?«

Das war zu viel. Nun hatte Helene aber endgültig genug. Sie schaute den dicken Kerl von oben bis unten an, holte tief Luft und legte los: »Untertan? Untertan? Was erzählst du da für einen Stuss, du fetter, größenwahnsinniger Gockel! Jetzt schwillt mir aber der Kamm, jetzt platzt mir der Kragen, der Kragen! Jetzt weiß ich, warum du so dick bist! Du hast nicht nur zu

viel gefressen, du bist ganz einfach aufgeblasen, aufgeblasen!
Dir muss man ganz einfach die Luft rauslassen, Luft rauslassen,
Luft rauslassen ...«

Und wunderbarerweise schrumpfte der Hahn bei dieser Stand-
pauke zusehends zusammen und zusammen und zusammen –
bis er am Ende von Helenes Schimpfkanonade eine ganz normale Gockelgröße erreicht hatte ...

Helene war verblüfft. Doch sie ließ sich nichts anmerken, sondern sagte nur knapp: »Jetzt wollen wir doch mal sehen, ob du
durch den Gang passt, Gang passt!«

Ganz kleinlaut antwortete der Hahn: »Könnt fast so aussehn.«

Und so war es dann auch.

Ab ging's mit den beiden ins Grasland!

# EIN BLICK IN DIE ZUKUNFT

(Nur zwei Jahre später:) Da ist erst mal das Waldland. Wo der dichte Wald aufhört, beginnt eine große Lichtung. Ein Haus steht hier, vielmehr eine Ruine, über die Lianen und Kletterpflanzen wuchern. Hier hauste einmal der Silberdeldok.

Der Wald ist bereits dabei, von der ehemaligen Silbermine wieder Besitz zu ergreifen. Um den Schmelzofen wachsen Büsche, zwischen den Baumstümpfen recken sich junge Bäume dem Licht entgegen. Wo Ruß war, wächst Moos und an der Hupfkistengarage klettert Efeu hoch.

Wer steht denn da am Waldrand? Ja, das sind Mogla und Deldok. Beide sind ein ganzes Stück größer geworden.

Mogla fragt: »Und wie heißt das?«

Deldok antwortet: »Das ist ein Nadelbusch.«

»Falsch, das ist ein Nadel*baum*. Das da ist ein Busch. – Und das?«

»Ist ein Laubbu… äh, Laubbaum.«

»Gut. Und wie heißt er genau?«

»Hab ich vergessen. Aber warte nur, wenn du morgen ins Grasland kommst, dann frag ich dich sämtliche Grassorten ab.«

Und wie sieht es im Grasland aus?

Auf einer großen Wiese ist eine der Hupfkisten bei der Arbeit. Sie gräbt Löcher in die Wiese und pflanzt in jedes der Löcher ein junges Bäumchen. Die stammen aus dem Waldland. Denn Bäume sind auch in einem Grasland wichtig.

Nicht weit davon sitzen Omadeldok und Opadeldok in einem großen Zweierschaukelstuhl, den ihr Enkel Deldok gebaut hat. Omadeldok strickt an einem Pulli für Deldok und Opadeldok lässt sich die Sonne auf die Nase scheinen und sagt: »Früher war alles – ach, Quatsch!«

In der Opodeldok-Höhle steht der Oberdeldok und schimpft: »Bei meinen dottergelben Bartspitzen, du sollst die Silbereier stapeln, nicht jedes einzelne abstauben und polieren.«

Der da poliert, ist der Silberdeldok. Er sieht ganz anders aus, so ohne Ruß.

»Ach, lass mir doch die Freude, Oberdeldok«, sagt er friedfertig. »Du weißt doch, wie gern ich das mache!«

»Na, von mir aus!«, sagt der Oberdeldok und verlässt die Höhle.

Da kommt ganz stolz der Opozähldok an. »Eins, zwei, eins, zwei«, zählt er. Neben ihm hopst die zweite Hupfkiste daher. Streng kommandiert er vor dem Höhleneingang: »HALT! KLAPPE AUF! AUSLADEN!«

Die Kiste macht die Klappe auf und lauter Hühnereier rollen heraus. Platsch! Die meisten liegen zerbrochen im Gras.

»Hühnerdreck und Federfraß! Wie oft habe ich euch schon gesagt, ihr sollt die Kisten nicht zum Eiertransport nehmen!«, schimpft der Oberdeldok. »Jetzt kann ich wieder eine Woche lang Rühreier essen.«

Es hat sich also nicht allzu viel geändert im Grasland.

Wenn der Oberdeldok nicht gerade mal wieder schimpft, ist nur das friedliche Gegacker der Hühner zu hören.
Halt, nein, da gibt es ein neues Geräusch, eines, das man im Grasland schon sehr lange nicht mehr gehört hat:
Es ist hoch und hell und fein.

»Piep!«, macht es. »Piepiepiepiepiepiepie-
piep ...«
Und wer kommt da piepsend aus der Lege-
wiese heraus? Küken sind das, einszweidrei-
vierfünfsechssiebenachtneun Hühnerküken,
weiß und flaumig und furchtbar lebendig.
Dahinter tauchen die stolzen Eltern auf:
Hannibal, der Hahn, und die alte Henne
Helene, die erstaunlich jung wirkt.